Une histoire naturelle de la séduction

Du même auteur

AUX ÉDITIONS L'ÂGE D'HOMME

La Langue de bois
suivi de Nique ta botanique
1996

La vie nous en fait voir de toutes les couleurs
avec G. Roques
1997

Les Calembourgeois décalés
poésies, 1998

Fatrasies
poésies, 2000

Les Soties, *suivi de* Aux arbres citoyens
poésies, 2001

Poèmes et chansons pour éplucher les légumes
2002

Une histoire naturelle de la mort
2005

CHEZ D'AUTRES ÉDITEURS

Une histoire naturelle de la séduction
Seuil, « Science ouverte », 2003

Une histoire naturelle du poil
Panama, 2007

Claude Gudin

Une histoire naturelle de la séduction

Éditions du Seuil

ISBN 978-2-7578-1105-4
(ISBN 2-02-058925-7, 1ʳᵉ publication)

© Éditions du Seuil, mai 2003

Le Code sur la Propriété intellectuelle interdit les copies ou reproductions destinées à une utilisation collective. Toute représentation ou reproduction intégrale ou partielle faite par quelque procédé que ce soit, sans le consentement de l'auteur ou de ses ayants cause, est illicite et constitue une contrefaçon sanctionnée par les articles L. 335-2 et suivants du Codede la propriété intellectuelle.

à Jacqueline

La Nature, dit-on, est l'objet de la recherche scientifique.
L'Homme qui se considère comme un produit de la Nature, en tant que Savant se comprendra donc dans cette recherche : et il sera la Nature étudiée par de la nature et en lui le serpent se mordant la queue trouvera sa satisfaction.

Pierre Klossowski
(« Création du monde »,
dans *Acéphale*, juin 1939)

I
Séduction de la biologie

Les chlamydomonas inventent les papouilles

Je suis au microscope, à l'autre bout, sur la platine, une préparation de *Chlamydomonas nivalis*, des algues unicellulaires ovales de la famille des algues vertes ou chlorophycées. Les algologues font entrer pour une large part la couleur dans leur classification : les algues bleues (cyanobactéries), les algues rouges (rhodophycées), les algues jaunes (xanthophycées), les algues dorées (chrysophycées), les algues brunes (phéophycées), les algues vertes (chlorophycées), car ce sont bien les algues primitives qui ont inventé les couleurs. J'isole une cellule et j'observe. Un grand chloroplaste en fer à cheval à la base de la cellule ovoïde ou plutôt en chlamyde (agrafe grecque du pallium, ou tunique à pallier les défauts). À l'extrémité du chloroplaste : un petit point rouge, minuscule, le *stigma* ou « eye-spot » des Anglo-Saxons. Troublant ce petit œil qui, peut-être, m'observe à l'autre bout du microscope. On retrouve là la rhodopsine des archéobactéries, ce petit caroténoïde qui constitue la plaque sensible de la rétine. Vertigineux, ce raccourci de vingt centimètres qui sépare nos deux rhodopsines espacées de trois à quatre milliards d'années. Le microscope serait-il une machine à remonter le temps ?

À quoi sert cet œil ? C'est un photocapteur qui recueille l'énergie des photons verts, avec laquelle il anime deux vacuoles pulsatiles situées à l'opposé du chloroplaste, à la base de deux flagelles. C'est cette pulsation qui anime les flagelles servant à nager. Nager, pourquoi ? Pour chercher la lumière ou la fuir, pour chercher l'autre ou le fuir. Là commence la séduction !

Si deux cellules du même sexe se croisent, se touchent par le bout des flagelles... "Oh ! Pardon... Excusez-moi !" Et elles passent leur chemin. Si elles sont de sexes différents, alors le scénario est différent. Elles vont se palper, se faire des papouilles, s'enlacer, s'embrasser, s'enroulant dans les bras l'une de l'autre (pardon, dans les flagelles), se rapprocher au point que leurs noyaux entrent en contact et c'est l'échange, le coït nucléaire, à l'œil et sans bruit. On n'a pas à en rougir. C'est la vie. Pourtant notre *Chlamydomonas nivalis* se met parfois à rougir. Du vert de la chlorophylle, il passe au rouge sanglant, à tel point que longtemps on a cru à des miracles : celui des neiges ou des glaciers sanglants, celui des pluies sanglantes et des eaux rouges (dû à un proche cousin : l'*Hæmatococcus pluvialis*). Quand les chlamydomonales sont confrontées à des lumières trop vives, elles accumulent pour s'en protéger des caroténoïdes rouge sang comme l'astaxanthine, l'adonirubine ou la phœnicoptérine. Même les hosties, ces nourritures sacrées, peuvent rougir. Est-ce de honte ou de plaisir ? Seul *Rhodotorula glutinis*, qui aime l'amidon et l'humidité mais craint la lumière, pourrait nous le dire, mais c'est une levure muette qui ne sait que lever la pâte.

Les miracles, l'abbé Dunal (un botaniste de Montpellier du début du XXe siècle) s'y intéressait. C'est ainsi qu'il perça le mystère des « salines roses » en Camargue et les attribua non à Dieu mais à une microalgue à deux flagelles qui allait devenir sa fille puisqu'il la reconnut et la nomma *Dunaliella salina*. Cette *Dunaliella* est une force de la nature pour une taille de quelques dizaines de microns. Elle résiste à des pressions osmotiques considérables en stockant dans ses vacuoles d'énormes quantités de glycérol qui la protègent de l'explosion. C'est elle l'unique être vivant de la mer Morte, mer qui contient plus de 150 grammes de sel par litre d'eau. Les Israéliens avaient caressé l'idée de s'en servir pour faire du glycérol, *Dunaliella* en rosit d'émotion, finalement, on la cultiva pour le rose et pas pour le glycérol. Le bêtacarotène naturel vient de là.

Puisque nous en sommes aux miracles, n'oublions pas *Porphyridium cruentum*, qui est en réalité *Porphyridium purpureum* mais qui doit *cruentum* au mot « croix ». Cette microalgue rhodophycée qui a partagé son existence avec la mienne pendant près de vingt ans a été isolée (terme qui signifie identifiée, cultivée puis nommée) dans des lieux saints, les églises, les bénitiers, en Suisse et en Bretagne. Elle est la responsable des christs et vierges sanglants. Elle se développe grâce à la condensation de l'humidité dans le creux des mains et des plaies des statues dès que la température devient clémente et que le soleil darde à travers les vitraux de l'église. C'est une espèce très ancienne, sorte de trait d'union entre les cyanobactéries sans noyau et les algues à noyau. Elle a gardé des primitives algues bleues des pigments rouges et bleus (les phycobiliprotéines). Ces molécules proviennent de la même voie de synthèse que la chlorophylle et le sang, mais les quatre unités pyrroles qui les constituent (un pyrrole est un noyau à quatre atomes de carbone et un atome d'azote) sont alignées en chaînes au lieu d'être refermées sur un métal comme dans la chlorophylle (porphyrine au magnésium) ou le sang (porphyrine au fer). Ces tétrapyrroles en chaînes sont les ancêtres du phytochrome, l'horloge biologique qui permet au chrysanthème de fleurir à la Toussaint, dix-huit mois après que le jardinier l'a planté. Une précision d'horloger. C'est la phycobiliprotéine rouge (phycoérythrine) qui conduit à l'illusion du sang dans les statues. En fait, les algues rouges se développent dans la mer à des profondeurs où seuls arrivent les photons verts. Les bleus et les rouges restent à la surface, absorbés par l'eau. Et c'est là qu'a lieu un vrai miracle. Ces algues à chlorophylle, privées des photons qui leur conviennent, mettent en place une véritable prothèse optique appelée phycobilisome. Ce sont de petites boules fixées au chloroplaste par un peptide. À la périphérie, le rouge des phycoérythrines qui capte les photons verts excite ce pigment rouge, qui se met à fluorescer en violet, excitant à son tour la phycocyanine sous-jacente. Le bleu ainsi excité émet une fluorescence rouge, à son tour captée par la chlorophylle permettant la photosynthèse. Avec un rendement de 100 %, chaque photon vert est transformé en photon rouge. N'est-ce pas là un petit miracle contenu dans une cellule sphérique de dix microns de diamètre avec un grand chloroplaste étoilé qui occupe à peu près 70 % du volume cellulaire ?

Cette histoire naturelle aurait pu passer inaperçue si la cosmétologie ne s'en était emparée. Les phycocyanines vont servir à bleuir les paupières des belles Japonaises d'abord puis des Européennes, et les phycoérythrines vont rougir les joues de ces dames. *Porphyridium* avait-il prévu qu'un beau jour il ferait partie de l'arsenal de séduction des femmes ? Une fois de plus, c'est à l'œil que cette stratégie séductive s'applique, un peu comme celle de l'*Atropa belladona* (une fleur de la famille des solanacées) dont les belles dames de la Renaissance italienne se servaient pour dilater leurs pupilles grâce à l'atropine qu'elle contient. Ce regard mouillé n'est pas sans danger : Atropa était l'une des trois Parques grecques, celle qui tranche le fil de la vie.

Mais revenons à nos chlamydomonas qui nagent et tâtonnent grâce à leurs deux flagelles. Les flagelles sont à l'évidence les ancêtres du toucher, des moustaches du chat et de la souris, désorientés lorsqu'ils en sont privés, des poils, des cheveux qui sont des éléments de séduction. Quand nous avons la chair de poule, à l'approche de la caresse amie, quand tous nos poils se hérissent de plaisir, est-ce la stratégie chlamydomonale qui se réveille en nous ? Nos chlamydomonas, qui s'associent par leurs flagelles, s'attirent, se reconnaissent, semble-t-il, par l'émission de « phéromones microbiennes », ce qui suppose une cellule émettrice + et une cellule réceptrice -. On n'en est pas encore aux hormones sexuelles, mais on est sur la voie. Là encore se joue d'une façon embryonnaire le goût (la saveur) ou l'odorat, bien que le nez soit à venir. Peut-on dire que les cellules se goûtent ou se sentent avant de s'enlacer ? En tout cas, il est clair que la séduction commence.

Mais comment tout ça a-t-il commencé ?

L'œil était dans la soupe
et regardait Caïn

Quand on est petit, les jours de pot-au-feu, on est souvent fasciné par les yeux du bouillon. Les yeux dans les yeux, on contemple la goutte grasse qui vient du bœuf. Ce n'est pas pour autant un œil-de-bœuf, mais une petite fenêtre ouverte sur ce que devait être la soupe primitive, il y a plus de quatre milliards d'années à la surface de la Terre. Ou plutôt à la surface de la mer, car c'était l'océan primitif qui recouvrait la planète. Pendant un bon milliard d'années, les atomes de carbone, d'hydrogène, d'azote, de phosphore et de soufre, en présence d'eau et de minéraux comme le fer, le magnésium, le nickel, le manganèse, vont s'associer pour créer des molécules simples : le glucose, les acides gras, les acides aminés, les terpènes, etc., qui constituent ce qu'on a appelé « la soupe primitive ». Ces atomes étaient-ils des extraterrestres ou de vrais terriens ? L'énergie nécessaire à ces réactions chimiques venait-elle de la radioactivité, des rayonnements cosmiques, des radiations ultraviolettes, des décharges électriques des orages, ou du volcanisme ? Par des expériences de laboratoire en atmosphère primitive dépourvue d'oxygène libre, on a pu faire la synthèse abiotique de la plupart de ces molécules. En faisant appel à des ultraviolets plutôt qu'à des décharges électriques, on a obtenu les mêmes molécules.

Ces yeux du bouillon ont même dû prendre des nuances roses quand ils contenaient par hasard de la rhodopsine, petit caroténoïde qui aujourd'hui tapisse la rétine de notre œil et permet, les yeux dans les yeux, de voir ceux du bouillon. Mais, de ce vague coacervat huileux et rose, à l'œil futur, il y a quatre milliards d'années de distance et encore beaucoup de travail à faire. C'est sans doute pour cela que tout ce qui est à l'œil est hors de prix.

C'est ce coacervat, cet œil qui, étape par étape, va nous mener à la séduction. Car pour être séduit ou pour séduire, il faut voir l'autre et en être vu. Certains coacervats constitués de polymères huileux assez proches des membranes cellulaires étaient verts. Dans cette synthèse abiotique apparut par hasard une molécule miraculeuse : la chlorophylle. Dans les synthèses abiotiques en laboratoire, on a obtenu son squelette. C'est une porphyrine qu'on nomme encore un hème, mot que l'on retrouve dans l'hémoglobine du sang. Mais si la chlorophylle est verte, le sang n'est pas toujours rouge, comme celui des mammifères. Il est bleu chez les escargots et les nobles, vert chez les vers marins ou mauve chez les brachiopodes. Mais avec le sang, on touche aux couleurs de l'intime.

Ne laissons pas refroidir la soupe. On a bien compris

qu'elle ouvre le menu de l'évolution chimique : atomique d'abord puis moléculaire et supramoléculaire, avec l'interpénétration des polymères entre eux qui débouchera peut-être, peu à peu, ou brutalement, sur des structures cellulaires, d'où la vie surgit. Si l'on possède des traces fossiles des premiers organismes cellulaires, on n'a pas encore de preuves expérimentales du passage des yeux du bouillon à la cellule, même primitive. Dans l'atmosphère primitive, il n'y avait pas d'oxygène libre. Les premières bactéries étaient donc anaérobies. Ces archéobactéries venaient-elles de la surface du bouillon, du fond des abysses près des fumées volcaniques, ou encore, comme certains le pensent, de l'espace en voyageant dans des météorites ? Ces archéobactéries de l'Archéen, il y a 3,6 milliards d'années, contenaient-elles le vert de la chlorophylle ? Ont-elles disparu ? On connaît des bactéries photosynthétiques vivant en absence d'oxygène et réalisant la lyse de l'hydrogène sulfuré (H_2S), pour en extraire les électrons et libérer le soufre. Sont-elles des vestiges de cette période ? On connaît de même des archéobactéries du type *Halobium* qui contiennent de la rhodopsine, ce rétinoïde de notre œil. On les trouve encore dans la saumure du hareng saur cher à Charles Cros : c'est la rhodopsine qui donne la teinte jaune-orange au hareng saur. Les biologistes pensent donc, pour le moment, que les premières formes de vie étaient unicellulaires, vivaient en absence d'oxygène, en puisant leur énergie et leur carbone dans les petites molécules de la soupe primitive, ou, comme nos bactéries photosynthétiques vertes, pouvaient fixer du gaz carbonique (CO_2 abondant dans l'atmosphère primitive) en tirant leur énergie de la lumière solaire et leurs électrons de l'hydrogène sulfuré (H_2S), à odeur d'œuf pourri.

Mais la grande innovation, c'est l'apparition de la chlorophylle, molécule unique, molécule fondamentale, sans laquelle le monde ne serait pas ce qu'il est. Grâce à sa structure particulière, vraisemblable produit du hasard, la chlorophylle capte les photons bleus et rouges émis par le Soleil pour en faire de l'énergie chimique permettant la fixation du gaz carbonique, tricoté étape par étape en molécules indispensables à la vie, comme les sucres, les lipides et les protéines. Le vert est dans le fruit, et la Terre, cette orange bleue, va mûrir au Soleil. En effet la planète, grâce à cet accident, se branche littéralement sur le Soleil. L'énergie solaire, constamment transformée en matière vivante, constitue la seule et unique source d'énergie de la surface terrestre. Le vert grignote l'arc-en-ciel pour en faire de la nourriture, du pétrole, du charbon et, dès le début, de la séduction. Il est pourtant vrai qu'au fond des fosses océaniques, là où la lumière n'arrive pas, une autre forme de vie s'est développée aux dépens des fumées volcaniques. Là, elle puise le gaz carbonique et l'hydrogène sulfuré nécessaires à son métabolisme. Cette façon de vivre est-elle une adaptation de la vie de surface à celle des profondeurs, ou est-elle née parallèlement à la vie solaire ? La question n'est pas tranchée.

Petit problème, le vert de la chlorophylle, à cause de sa photosensibilité, est fragile. La surexposition engendre sa dégradation. Mais apparaît, en même temps que le vert, la possibilité de le protéger. Des molécules plus simples, elles aussi nées du hasard (père généreux), qu'on appelle aujourd'hui des caroténoïdes, car les biochimistes les ont trouvées pour la première fois dans la carotte, vont remplir cette fonction. Ce sont des molécules huileuses aux couleurs allant du jaune au rouge en passant par l'orange ; la rhodopsine du hareng saur en fait partie.

D'ores et déjà, dans les bactéries photosynthétiques, la chlorophylle est associée à des caroténoïdes, donc à des couleurs. Elles peuvent être vertes, jaunes, orange ou rouges, les pigments jouant le rôle de filtre solaire. Mine de rien, ces bactéries primitives, pour protéger leur chlorophylle, la dotent de lunettes de soleil.

La vie continue, les mutations aussi. Un beau jour, une bactérie mutée, au lieu de dissocier l'hydrogène sulfuré (H_2S) pour en tirer ses électrons, va dissocier l'hydrure d'oxygène (l'eau). Au lieu de libérer le soufre, elle libère l'oxygène. La vie s'accommodait assez bien du soufre. Elle a eu du mal à s'habituer à l'oxygène. Ce fut au début un vrai poison, et les archéobactéries connurent probablement une hécatombe. L'oxygène a produit une pression sélective et éliminé tout ce qui n'était pas capable de lui résister. Cette capacité de résistance portant aussi bien sur la respiration de l'oxygène stable que sur les dégâts causés aux membranes cellulaires par des formes instables appelées « radicaux libres ». Ce sont des structures moléculaires réactives sur les lipides membranaires, à durée de vie très courte, qui sont en particulier responsables du vieillissement cellulaire. Des mécanismes de protection détruisant les radicaux libres au fur et à mesure de leur production devaient donc se mettre en place. Les caroténoïdes colorés détruisent l'un d'entre eux, l'oxygène singulet. Ainsi passe-t-on peu à peu du monde de l'anaérobiose (absence d'oxygène libre) à celui de l'aérobiose (présence d'oxygène libre), qui débouche, il y a cinq cents millions d'années, sur notre atmosphère moderne appauvrie en gaz carbonique (0,03 %) et riche en oxygène (21 %).

Que se passe-t-il après l'apparition de la chlorophylle et de la vie ? Vie attestée par la présence de traces fossiles sur des roches, « les stromatolithes », provenant des algues bleues primitives, et par des molécules fossiles présentes dans le pétrole, comme par exemple une porphyrine. Notons au passage que le pétrole ou plutôt les pétroles – il y en a d'anciens, de récents, d'origine marine, lagunaire ou terrestre – constituent une véritable bibliothèque de molécules fossiles qui sont nos meilleurs indices dans cette recherche de nos débuts. Dommage de les brûler alors que rien ne presse. Que s'est-il réellement passé pendant les trois milliards d'années de vie aquatique qui vont de l'apparition du vert de la chlorophylle au 21 % d'oxygène de l'atmosphère moderne ?

Des coacervats, on est passé aux cellules sans noyau, les procaryotes : bactéries anaérobies photosynthétiques et cyanobactéries productrices d'oxygène (ex-algues bleues). Les cellules se divisent alors en deux copies conformes, comme des photocopies. Puis, peu à peu, le noyau va se constituer et les cellules seront alors des eucaryotes, la plupart photosynthétiques comme les microalgues, d'autres hétérotrophes, c'est-à-dire se développant sur le sucre fabriqué par les microalgues. L'aérobiose va dominer. Dans ce nouveau contexte, ces systèmes cellulaires, à force de cohabitation, vont réaliser des symbioses. Ainsi, telle petite bactérie, avec un bon système respiratoire, va venir dégrader le glucose dans une cellule d'accueil et deviendra dépendante de son hôte. C'est ainsi que l'on imagine, actuellement, l'origine des mitochondries. Une cyanobactérie se lovera dans la même cellule et deviendra le chloroplaste qui, grâce à la photosynthèse, fournira directement le glucose à la mitochondrie, formant la cellule moderne des plantes.

Les cellules de nos tissus, sans chloroplaste, sont le produit de ce long bricolage fait de mutations, de symbioses, au milieu de cataclysmes en tout genre : apparition d'oxygène, éruptions volcaniques, chutes de météorites. La vie est peut-être un long fleuve, mais sûrement pas tranquille. Certaines microalgues dinoflagellées (avec deux flagelles pour nager) perdront leur chloroplaste, passant du statut de photosynthétique à celui d'hétérotrophe en vivant sur les sucres dissous. Affamées, elles absorberont d'autres cellules plus petites, devenant de véritables prédatrices et passant du règne végétal au règne animal. Cela dit, si une telle prédatrice absorbe une cyanobactérie, elle garde sa chlorophylle et redevient photosynthétique. Cela se passe encore de nos jours.

À une date qu'on situe aujourd'hui à un milliard d'années, dans ces cellules modernes à noyau, apparaît la sexualité. C'est-à-dire que deux cellules, de type différent (on les appellera « + » et « - » pour ne pas déjà parler de mâle et de femelle), vont se rapprocher, fusionner leurs noyaux en échangeant leur matériel génétique (les gènes) et engendrer des cellules filles qui seront les héritières de « + » et « - », avec une grande diversité, car le mélange des gènes ne donne jamais des copies conformes, comme le faisait précédemment la scissiparité, proche de la photocopie.

Il est à noter que, bien avant que la sexualité ne se manifeste, les éléments de la séduction sont déjà présents. Séduire n'avait pas de sens, la sexualité va peut-être lui en donner un ? Mais après tout, on le verra plus tard, la séduction n'est sans doute, à la fin du compte, qu'une façon de se protéger de l'oxygène. Serait-ce la faute des cyanobactéries si nous cherchons encore à séduire aujourd'hui ?

Atmosphère ! Atmosphère ! Seriez-vous responsable ?

La voie mévalonique, voie de la séduction

La cellule occupe le terrain, ou plutôt le milieu marin, pendant trois milliards d'années et apprend peu à peu la biochimie, mettant au point des chaînes de synthèses moléculaires, et d'abord la voie mévalonique.

Cette voie est ainsi nommée parce que le point de départ est une molécule à six atomes de carbone, l'acide mévalonique. À partir de cet acide, par perte d'un carbone, on arrive à une molécule de cinq carbones particulièrement stable, l'isoprène. Des enzymes spécifiques vont construire des molécules plus grandes en additionnant des unités isoprènes les unes aux autres. Cela constitue ce qu'on appelle aussi la chaîne des terpènes. On obtiendra les monoterpènes (en C_{10}) et les sesquiterpènes (en C_{15}), substances volatiles et odorantes qui donneront des parfums et des phéromones (hormones d'attraction entre les êtres), en ajoutant des fonctions alcools, aldéhydes, acides ou autres. Ainsi trouve-t-on le pinène du pin, le géraniol du géranium, le thymol du thym, etc. ou l'acide abscissique, hormone de la chute des feuilles. Avec des isoprènes supplémentaires, on obtient des diterpènes (en C_{20}), comme la gibérelline, hormone de croissance des cellules de végétaux, puis des triterpènes (en C_{30}) qui s'organisent en un squelette aromatique complexe (les stérols), celui des hormones sexuelles comme la testostérone et la progestérone des animaux. Avec les tétraterpènes, on a les caroténoïdes (en C_{40}), longues molécules huileuses et colorées à chaîne droite comme le lycopène du *Lycopersicon* (la tomate). Ces caroténoïdes se retrouvent dans bien des végétaux ou des animaux familiers : la carotte contient du bêtacarotène, l'oursin de l'échinénone, la chanterelle de la cantaxanthine (qui colore aussi la saucisse de Strasbourg), l'adonis des jardins de l'adonirubine, le flamant rose de la phœnicoptérine, l'écrevisse de l'astaxanthine, le jaune d'œuf de la lutéine, le poivron de la capsaxanthine, le grain de maïs de la zéaxanthine et le crocus ou safran de la crocétine. Tous ces termes de la voie de la séduction, s'ils font les délices des chimistes, ne font pas toujours rêver le lecteur. Pourtant, derrière le noyau bêta-ionone qui est aux deux extrémités du bêtacarotène jaune, se cache Iona, petite divinité grecque liée aux parfums. Si vous ne le croyez pas, mettez du bêtacarotène en présence d'un extrait de soja (qui contient une enzyme au doux nom de lipoxygénase). Vous verrez la couleur disparaître en même temps qu'une odeur de violette se dégage de la mixture, véritable transmutation de la couleur en parfum. C'est ce noyau bêta-ionone qui porte l'odeur de la violette, grâce à Iona, bien sûr. Toutes ces nuances du jaune au rouge s'opèrent par différents degrés d'oxydation ou d'hydroxylation.

Ces molécules sont d'une telle résistance qu'on les trouve fossilisées dans les pétroles où certaines, comme les triterpènes et les stérols, servent d'indicateurs d'origine. Leur résistance mécanique est avérée par l'usage qu'on fait des polyisoprènes naturels dépassant cent carbones. C'est le caoutchouc de l'hévéa, sur lequel nos automobiles roulent.

La voie mévalonique a bien plusieurs milliards d'années puisque la plupart de ces molécules sont retrouvées dans les bactéries photosynthétiques primitives, les cyanobactéries et les microalgues, bien avant qu'apparaissent les plantes qu'on dit supérieures. Elle est l'apanage du règne végétal, et si les animaux peuvent ajouter de-ci de-là une fonction chimique, ils ne synthétisent pas l'ensemble de la chaîne. Cette voie qui produit des parfums, des phéromones, des hormones végétales, des stérols qui serviront de base aux hormones animales, des couleurs caroténoïques, autant de signaux d'attraction-répulsion qui sont des aides à la sexualité ne mérite-t-elle pas le nom de voie de la séduction ? Voie complètement aveugle qui produit par hasard les parfums avant le nez, les hormones sexuelles avant les sexes, les couleurs avant la vue, orientée par la nécessité de protéger la chlorophylle trop sensible aux ardeurs de Phœbus.

Notre gastronomie est tout imprégnée de ces caroténoïdes séduisants qu'elle nomme E 160 ou E 161 affublés d'un a, b, c, d, e, g, selon les couleurs. Le seul E 160a représente un milliard de tonnes par an. Pas fous, les Israéliens qui se sont attendris sur le bêtacarotène de *Dunaliella salina*, survivante de la mer Morte.

La séduction, ça se mange !

Pendant le Protérozoïque, deuxième période du Précambrien, de 2,5 milliards à 570 millions d'années, les protozoaires, les amibes et les dinoflagellés sont les premiers animaux cellulaires vivant de la prédation des bactéries, des cyanobactéries et des microalgues photosynthétiques. L'union faisant la force, des cellules se grouperont en colonies puis en tissus, jusqu'aux premiers métazoaires sans squelette. Ces animaux puisent leur énergie et leur matière dans des microalgues et se colorent avec les caroténoïdes consommés. Aveuglément d'abord, tant que l'œil n'est pas là. Il y a un transfert alimentaire des couleurs du maillon végétal au maillon animal, grâce à la stabilité moléculaire de ses tétraterpènes. Assez vite, des photocapteurs font leur apparition sur les animaux et l'œil primitif va émerger. On le retrouve sur les trilobites fossiles il y a 570 millions d'années. Il est présent chez les cirripèdes (crustacés primitifs) comme chez l'étoile de mer. Avec l'œil bien développé des gastéropodes, les animaux vont pouvoir choisir ce qu'ils mangent et prendre la couleur en compte, même si elle n'est pas encore perçue avec toute la précision que lui confère notre cerveau.

Des rotifères (*Brachionus*) se colorent en rose en consommant *Dunaliella* et mangés par les microcrustacés (*Artemia salina*) transmettent le rose à ces microcrevettes qui, à leur tour consommées par le flamant (*Phœnicopterus roseus*), coloreront ses ailes : ainsi, le bêtacarotène rose de l'algue *Dunaliella* a franchi trois maillons alimentaires pour donner des plumes roses au mâle du flamant, qui va s'en servir pour assurer sa parade nuptiale auprès de la femelle. S'il est assez rose, la femelle le choisira et il pourra se reproduire. S'il est trop blanc, il ne se reproduira pas. Voilà les lunettes de soleil de la chlorophylle de *Dunaliella* devenues un instrument de sélection chez le flamant rose.

C'est tout le secret de la séduction : ça se mange.

La femelle du flamant, plus terne, plus discrète, utilisera son bêtacarotène d'une autre façon, en l'accumulant dans ses parties intimes (sexuelles) ; il servira de précurseur à la lutéine jaune de l'œuf, où va se développer l'embryon. Souvenons-nous que les caroténoïdes détruisent l'oxygène singulet, dommageable aux membranes cellulaires, et protègent ainsi le développement du jeune poussin. Ainsi, d'un coup d'œil, la femelle ne choisit pas le beau mâle, mais une descendance saine avec un pouvoir immunologique renforcé.

En eau douce, des bdelloïdes (rotifères) consomment de l'*Hæmatococcus pluvialis* (l'algue responsable des pluies sanglantes). Les rotifères rougis par l'astaxanthine sont consommés par des insectes volant à la surface de l'eau. Ils sont à leur tour happés par le saumon (ou par la truite saumonée). Le saumon et la truite ainsi nourris auront la chair rose saumonée, colorée par l'astaxanthine qui devient un signal gastronomique pour nous. Mais si le saumon est plus vieux, c'est-à-dire sexuellement mature, la couleur rouge va migrer vers la peau dans des motifs colorés destinés à assurer la fraie, c'est-à-dire à séduire la femelle. C'est la même histoire que celle du flamant rose avec trois étapes trophiques.

Prenons ici le risque de faire appel à la séduction par la couleur pour compléter les spéculations sur la disparition des dinosaures voici 65 millions d'années. Les dinosaures ont peuplé la terre, la mer et le ciel du Trias au Crétacé depuis 235 millions d'années jusqu'à 65 millions où se produisit une extinction assez brutale de ces reptiles. Les survivants se parent eux aussi de couleurs (du moins les mâles), tout comme les poissons, les batraciens, les insectes et les oiseaux, pour assurer leur parade nuptiale. Lézards modernes, caméléons et serpents l'attestent. Or, ces couleurs vives proviennent de leur alimentation et doivent pouvoir passer des herbivores aux carnivores. C'est toujours le soleil qui conduit la végétation à accumuler ces couleurs. Les mêmes phénomènes ont dû se produire chez les dinosaures ancestraux.

Il semble qu'on se mette d'accord aujourd'hui pour expliquer leur extinction par la chute d'une énorme météorite provoquant un gigantesque nuage planétaire de cendres et de poussières qui aurait obscurci le ciel pendant une période assez longue. Privée des forts ensoleillements nécessaires à la synthèse des couleurs vives (les caroténoïdes), la végétation assez exubérante du Crétacé aurait décliné, si l'on en juge par les fossiles végétaux. Ainsi, les dinosaures herbivores auraient eu moins à manger et auraient été rapidement carencés en couleurs, et seraient devenus incapables d'assurer leur parade nuptiale, donc de se reproduire et de pondre des œufs. Ce qui aurait pu accélérer leur disparition. Un peu comme si aujourd'hui les microalgues riches en caroténoïdes disparaissaient : il est alors probable que le flamant rose, privé de rose, resterait blanc (comme dans certains zoos où il est mal nourri et incapable de se reproduire) et disparaîtrait de la planète.

Nous mesurons bien sûr l'audace de cette spéculation, en notant tout de même que les représentations graphiques des dinosaures, assez ternes au début du siècle dernier, se colorent de plus en plus dans notre imagerie moderne.

Cela dit, il est vrai, que dans le cas des reptiles comme dans celui des poissons et des oiseaux, ou encore chez les insectes, à côté des couleurs vives des caroténoïdes, il y a de fausses couleurs ou leurres. Ces leurres sont dus à des effets optiques de géométrie variable des écailles et des plumes. Écailles et plumes sont souvent recouvertes de mélanines noires ou de phéomélanines rousses. Sous certains angles, il y a diffraction de la lumière et illusion du bleu par exemple. Mais comme l'importance de la mélanine (le pigment de notre peau) dépend aussi de l'intensité de l'ensoleillement, il y aurait certainement eu aussi une diminution des fausses couleurs après la chute de la météorite.

Notons que même les mélanines sont une invention du règne végétal et apparaissent dans certains champignons microscopiques comme le *Melanospora*, puis plus tard dans la truffe et la morille. Malgré tout, les animaux possèdent la voie de synthèse qui produit ces mélanines. Leur abondance dépend de l'ensoleillement (d'où le bronzage de la peau) : elles sont parfois accidentellement absentes (cas des albinos).

Quand Lucifer s'en mêle !

Quand al-Chemesh, ex-dieu solaire des premiers Sémites (nous lui devons l'alchimie puis la chimie) disparaît, Lucifer, ce porteur de lumière, vient éclairer nos lanternes. C'est alors la nuit périodique ou celle permanente des fonds abyssaux. Dans les deux cas, il y a toujours des yeux à l'affût du moindre signal.

On connaît bien, lors de nos nuits estivales, ces petits signaux lumineux jaunâtres émis par les vers luisants. Ce sont les larves d'un petit coléoptère du genre lampyre. On ignore pourquoi la larve est luminescente, mais on sait que le lampyre femelle, qui garde une allure larvaire malgré sa maturité, attire les mâles volants avec ses deux petites lanternes, au coin d'un buisson. Chez les cousines américaines, les lucioles du genre *Photinus*, mâles et femelles communiquent entre eux par de nombreux éclairs. Ainsi, la parade nuptiale des lucioles de l'Ancien ou du Nouveau Monde, adaptée à la nuit, se fait par luminescence colorée et non par les couleurs habituelles visibles le jour. Cela ne va pas sans malice. La luciole femelle du genre *Photuris* répond aux éclairs du mâle en vol, une conversation lumineuse s'ensuit et les deux amants s'accouplent. Mais après cela, la femelle adopte la séquence d'éclairs d'une autre luciole du genre *Photinus* et leurre les mâles qui se posent près d'elle et se font dévorer. Là, il est clair que Lucifer s'en mêle. Il met en lumière la luciole, femme fatale !

Dans les fonds marins, entre 850 et 4 000 mètres de profondeur, la nuit est permanente et la communication se fait par bioluminescence, tant pour certains poissons, crustacés, méduses, coquillages, calmars, que pour les unicellulaires. Cette bioluminescence a dû se développer très tôt dans l'évolution, car des bactéries, des microalgues et certains protozoaires en sont capables.

Elle est importante chez les dinoflagellés qui répondent aux stimulations mécaniques par de courts éclairs luminescents de quelques centaines de millisecondes, créant ainsi ce qu'on appelle à tort les eaux phosphorescentes.

Quant au mécanisme de cette bioluminescence, il est relativement universel. D'un côté une enzyme, la luciférase, de l'autre de petites molécules, les luciférines. Le complexe luciférine-luciférase, en s'oxydant, s'excite avec émission d'un photon, et la protéine devient fluorescente. Les luciférines peuvent être des flavines (dans le cas des bactéries), des benzothiazoles (chez les lucioles), des tétrapyrroles ouverts (chez les dinoflagellés), des aldéhydes (chez la patelle) ou des imidazolopyrazines (chez des huîtres).

Nul, ainsi, n'échappe à la séduction, même en éteignant la lumière. N'est-ce pas diabolique ? À quand les dessous et les bijoux luminescents qui réveillent le *Chlamydomonas* qui sommeille en chacun de nous ?

Les biologistes ont la langue chargée

C'est sans doute la faute à Carl von Linné, grand botaniste classificateur du XVIIIe siècle, si la mythologie gréco-latine envahit notre langue scientifique. Ce savant suédois d'Uppsala qui comprit que pour étudier les plantes il fallait en prendre de la graine et remonter au sexe, c'est-à-dire à la fleur, passa trente ans de sa vie à compter, observer, classer les étamines, les ovaires, les pétales, les sépales et autres attributs sexuels des végétaux. Ce beau siècle où fleurit l'érotisme en littérature et en peinture prit assez mal la chose, et les prudes scientifiques reprochèrent à Linné son obsession sexuelle qui le poussait d'une façon malsaine à privilégier la fleur. Il dénombra une cinquantaine de familles de plantes liées à leurs pratiques sexuelles et donna à chacune un nom et un prénom, c'est-à-dire un nom de genre et un nom d'espèce.

Linné étendit son système au monde des animaux, et c'est ainsi qu'aujourd'hui nous reconnaissons dans *Phœnicopterus roseus*, nom latin du flamant rose, le mythe du Phœnix. Si le flamant mâle déclare sa flamme en rose à la femelle grâce aux caroténoïdes qu'il a consommés, le Phœnix, oiseau mythique, vit sept ans dans la vallée du Nil puis s'envole dans sa patrie, la Phénicie (l'actuel Liban) pour y construire son nid. Il s'y installe, exposant ses ailes au soleil, et s'enflamme. Le lendemain, le Phœnix renaît de ses cendres ou plutôt des œufs du flamant rose, rose grâce à la phœnicoptérine.

Nous identifions de même le mythe d'Adonis, ce jeune et beau chasseur grec flanqué de ses deux lévriers qui part à la chasse au sanglier. Il croise Aphrodite qui tombe amoureuse de lui. Séduit, il ne voit pas le sanglier qui le terrasse, l'émascule, grande mare de sang, c'est le drame ! Aphrodite est en pleurs et Zeus, pour arranger les choses, transforme Adonis en une petite fleur rouge l'*Adonis anua*, renonculacée contenant de l'adonirubine. Zeus est un habitué de la transformation de l'homme en végétal. Juste retour des choses ! Ainsi, une autre fois, transforme-t-il Daphné, avenante nymphette, en *Laurus nobilis* pour qu'elle échappe aux ardeurs d'Apollon. Le laurier d'Apollon est né, engendrant le lauréat couronné et même le baccalauréat grâce aux baies du laurier (*Baccus laureus*). Une autre fois, c'est le jeune Cyparisius qui, séduit par Apollon, le père de l'Apple (avant Adam et l'ordinateur), se retrouve métamorphosé en cyprès. Le cyprès que l'on voit de si loin inaugurant pour la grande joie des botanistes qui ne sont pas pressés, la famille des Cupressées.

C'est ainsi que de bien vieilles divinités sémites, grecques et latines investissent le langage sacré des sciences biologiques où l'on retrouve Lucifer dans la luciférase et la luciférine de la luciole, Rhodes dans le rhododendron.

Après la mort de Ménélas, Mégapenthe et Nicostrate, la belle Hélène est chassée par ses fils et se retire à Rhodes. Là, Polyxo, veuve de la guerre de Troie, pour venger son mari, la fait pendre par deux de ses servantes à un arbre (*dendron* en grec). Hélène est célébrée à Rhodes sous le nom de Dendritis. Rhodes et Dendron deviennent rhododendron. Or, le rhododendron est un arbuste pouvant atteindre dix mètres de hauteur, même en France. On en trouve en Europe méditerranéenne, en Grèce et sur l'île de Rhodes. Pour les Grecs, le rhododendron désigne un arbre à fleurs roses (rhodon) et les Latins désignaient le laurier-rose sous ce nom. Linné tranche la question botanique et pour nous, "Bon Homère", Hélène est pendue à un rhododendron. Mais, dit la légende, les larmes d'Hélène donnèrent naissance à une petite fleur, l'hélénion, qui a la vertu de rendre aux femmes leur beauté. L'hélénium existe bien, c'est une petite composée vivant en Amérique du Nord. Homère aurait-il découvert l'Amérique avant tout le monde ? Quand on songe que tout cela commença à cause d'une pomme, celle de Discorde aux noces de Thétis et de Pélée, Discorde n'avait pas été invitée ! Elle arrive furieuse au mariage, jette sur la table la pomme d'or avec l'inscription : « À la plus belle ! » Héra, Athéna et Aphrodite sont en compétition. Jupiter ne veut pas se mouiller et demande à Pâris, son jugement. Aphrodite promet la belle Hélène à Pâris s'il la désigne. Ce qu'il fait. C'est ainsi que démarre la guerre de Troie et que Pâris enlève Hélène à Ménélas, son légitime époux. Rhododendron, Hélénium et Pomme passent de la légende à la botanique.

Et pourquoi ne pas achever ce parcours étymomythologique avec le *Malus pumilus* (le pommier), cousin de Lucifer qui enferme le Malin dans la pomme, elle-même fille de Pomone ?

La langue des biologistes est une belle langue, chargée d'histoires naturelles qui viennent de la nuit des temps, une langue de métèques et de pâtres grecs.

Un bon tuyau pour quitter la mer

Faisons un retour au « monde mou », monde de l'océan primitif, photosynthétique et aquatique.

De la vie cellulaire anaérobie puis aérobie, on est passé à des associations cellulaires, colonies, thalles (d'où les thallophytes), puis tissus enrichissant la planète en oxygène, broutés par des animaux protozoaires ou métazoaires mous (sans squelette). Pas besoin de rigidité dans l'eau. Nous sommes à - 570 millions d'années, l'atmosphère a atteint 21 % d'oxygène et les terres émergent. Aux confins de l'eau et de la terre, au rythme des marées, des algues vont s'installer entre flux et reflux, se durcissant quelque peu comme les lanières d'algues brunes épousant les vagues en prenant cette allure ondulée. Elles commencent à fabriquer pas mal de petits phénols qui peu à peu se polymérisent. Apparaissent les premières mousses (bryophytes), mais il faudra encore attendre 100 millions d'années et sûrement pas mal de végétaux morts assoiffés d'avoir quitté la mer originelle, avant que le problème de l'alimentation permanente en eau soit réglé.

Après de multiples réunions de cellules ou d'aménagements coloniaux, nous auraient peut-être expliqué Engels et Marx, la décision fut prise d'amener l'eau à chaque cellule, chaque tissu, afin de retrouver, sur terre comme au ciel, notre bonne mer. Cela allait nécessiter un dévouement exceptionnel de cellules kamikazes qui, après avoir fabriqué de la lignine dans leurs parois, laissaient en mourant une tubulure en bois donnant naissance au « monde dur ». C'est une manifestation du suicide cellulaire programmé, une mort créatrice qui conduit à la sculpture du vivant, selon le beau livre de Jean-Claude Ameisen. Cet altruisme cellulaire du xylème amenant l'eau, et du phloème distribuant la sève, est vu un peu différemment par Francis Hallé dans son *Éloge de la plante*. Il fait la remarque judicieuse que la plante, contrairement aux animaux qui ne sont jamais que des tubes digestifs à pattes (les gastéropodes en sont l'illustration étymologique), ne produit pas d'excréments. Un fox-terrier juché sur l'empilement de ses étrons séchés pourrait être à la hauteur des palmes sur les troncs d'un palmier. Curieuse image, mais attirant notre attention sur la partie vivante d'une plante terrestre ou d'un arbre, perchée sur cette perche en bois faite de toutes ces cellules sacrifiées.

C'est ici que la voie shikimique, voie de synthèse de la lignine qui nous conduira bien plus tard à la "langue de bois", commence. L'acide shikimique, petit polyphénol, en est le point de départ. Les polyphénols vont s'assembler en chaînes linéaires conduisant à la lignine, faite de nombreuses unités phénylpropanes. Mais, au tout début de la synthèse, de petits assemblages à trois noyaux aromatiques produisent de la couleur, couleur hydrosoluble et véhiculable dans la plante. Ce sont les anthocyanes (bleu) et les flavonoïdes (jaune). Avec les anthocyanes et les flavonoïdes solubles dans l'eau qui les véhicule, des feuilles vers les fleurs et les fruits, la peinture à l'eau vient de naître chez les plantes. Elle ira s'accumuler dans les parties vides des cellules (les vacuoles). Elle se superpose aux caroténoïdes présents dans les membranes ou excrétés dans la cellule sous forme de gouttes huileuses (les chromophores). Les caroténoïdes constituant la peinture à l'huile inventée par les algues primitives des milliards d'années plus tôt. C'est la juxtaposition ou la superposition de ces deux types de peinture, qui, en association avec les structures tissulaires à géométrie variable, jouant avec la lumière, donne à voir la palette des couleurs de la séduction des fleurs et des fruits. L'œil est là pour assister au spectacle. Les trilobites y ont probablement assisté. En même temps, les arthropodes s'aventuraient au sec et dans l'eau, les premiers vertébrés apparaissaient.

C'est quand même le végétal qui fait tout : l'oxygène, la nourriture des animaux, la peinture à l'huile et la peinture à l'eau, base visuelle de la séduction. C'est au monde végétal que tout animal empruntera ses couleurs pour s'en parer ou pour s'en faire des boucliers contre les radicaux libres. Il le fera quelquefois avec de bien curieux détours.

Ainsi, le percnoptère d'Égypte, ce vautour indien

qu'on trouve encore (bien que menacé) dans l'arrière-pays provençal et dans les Pyrénées, colore sa tête de séducteur en jaune pour émoustiller la femelle en puisant les indispensables caroténoïdes dans les excréments des vaches. Il n'est d'ailleurs pas rare que les animaux puisent dans leurs propres excréments quelques précieux adjuvants. Ainsi notre petit Conil (le lapin), consomme-t-il, pendant la nuit, ses excréments liquides, seule source pour lui de vitamine B12. Il possède en effet deux cæcums, l'un pour les excréments durs dont il jalonne son territoire le jour, l'autre pour ses festins nocturnes. Mais le lapin n'a pas de problèmes de séduction liés à la couleur, il lui suffit, quand il est excité, de frapper le sol avec ses pattes de derrière pour que la lapine en ovule d'excitation.

Les plantes se mettent à la sculpture

C'est le végétal qui invente la séduction avec les parfums, les hormones, les couleurs, les saveurs, puis le sexe. Après quoi il se met à la sculpture et domestique peu à peu les insectes, les oiseaux et l'*Homo sapiens*.

Il le fait avec panache et générosité, fournissant l'oxygène, le charbon, le pétrole, la nourriture et la beauté.

Il se défend sans haine des prédateurs et quand il en prend ombrage, c'est pour nous protéger du soleil trop vif en étendant son feuillage.

Lui qui n'accumule pas de déchets se fait éboueur, et les animaux pataugent dans son humus parfumé où s'épanouissent les champignons.

Son immobilité rassure. Il sait composer avec le soleil, la gravité, le vent et ses prédateurs.

Tout aurait pu être différent si Ève et Adam avaient croqué le serpent plutôt que la pomme.

Depuis les papouilles chlamydomonales, la sexualité a bien évolué, le végétal a peu à peu dessiné puis sculpté un sexe féminin et un sexe masculin. Carl von Linné, voyeur infatigable, crée deux grandes catégories, celle des cryptogames où le mariage est caché et celle des phanérogames où le mariage est visible. À l'intérieur des cryptogames les plus primitifs, les thallophytes (algues et champignons), puis les bryophytes (mousses et hépatites) et les ptéridophytes (fougères) apparaissent et se diversifient en sortant de l'eau. L'arrivée et l'épanouissement des phanérogames ou spermatophytes se feront entre le Trias et le Jurassique vers - 210 millions d'années avec les gymnospermes (conifères, cycas, ginkgos) à ovules nus puis entre - 140 millions et - 65 millions d'années, avec les angiospermes (à ovules cachés). Là s'épanouira la séduction totale en direction de l'insecte et qui sait, de l'homme à venir. L'idée germe sur le terreau de la disparition des dinosaures, ces grands sauriens qui n'en sauront rien.

La plante à fleur, ce prodige de séduction est là, avec son calice de sépales, sa corolle de pétales colorés, ses ovaires surmontés d'un pistil et ses étamines porteuses de pollen. Des glandes à nectar, des sécrétions parfumées et sucrées compléteront cette merveille. Comment l'insecte (ce vieil arthropode sorti des eaux, caparaçonné comme un hélicoptère) pourrait-il ne pas s'y intéresser de près ? Attiré par le jaune huileux du bouton d'or, il tentera bien de se poser sur la renoncule mais les cinq pétales disposés radialement sont mous et il glisse facilement. Toujours par hasard, la géométrie de la fleur évolue, se modifie puis vient la piste d'atterrissage fournie par les labiées (de *labia*, langue) si accueillantes pour les insectes qu'elles fournissent les plantes mellifères. Il faut dire qu'elles y ont mis le prix côté parfums : le thym, le romarin, la sauge, la lavande, la sarriette, l'hysope, le serpolet. Comment leur résister ? L'*Homo sapiens* en fera son miel, en parfumera sa cuisine et son linge avant d'avaler sa tisane de sauge ou d'hysope pour se transformer en Homo ça pionce. Il pourra rêver en paix des *Métamorphoses* d'Ovide reprises par André Masson où le végétal s'humanise et l'homme se végétalise, reprenant la divine manie des Grecs de transformer en plante toute femme ou tout homme qui les dérange. Transmutation perpétuée par Ernest Pignon-Ernest en 1983 qui présenta au Jardin des Plantes, avec son complice (l'auteur de ces lignes), les Arborigènes : sculptures vivantes en éponge synthétique imprégnées d'algues microscopiques ; personnages aussi photosynthétiques que les arbres qu'ils enlaçaient pour les séduire.

À son réveil, l'Homo ça pionce, après quelques millions d'années, pourra mesurer les progrès réalisés depuis les labiées par les orchidées qui, du point de vue de l'évolution, lui sont parallèles. L'*Homo sapiens*, ce primate de prix mate alors ce travail de sculpture, réalisé sur ce fameux labelle qui va devenir tantôt le sabot de Vénus (cypripedium), tantôt un insecte femelle : mouche, guêpe, abeille (chez les ophrys) ou papillon (chez les phalenopsis). Non seulement la plante sculpte une femelle grandeur nature avec sa couleur, sa texture, mais elle adresse au mâle une phéromone qui l'attire. La séduction est totale. La poupée gonflable des hyménoptères est inventée.

Certaines fleurs tropicales ne sont pas en reste. Elles

fabriquent des oiseaux leurres comme le *Strelitzia*, l'oiseau de feu des Surréalistes. Bon nombre d'entre elles séduiront les colibris comme les broméliacées (famille de l'ananas). Les hétaïres chlorophylliennes dont les fleurs s'épanouissent la nuit, ne font rien à l'œil, et mènent les mâles par le bout du nez avec leurs étranges parfums. Des mammifères volants comme les chauves-souris et les vampires viendront ainsi fréquenter certains hibiscus et les baobabs (*Adamsonia*). Les vampires aiment les odeurs de cave, de terre et de moisi. L'odeur repoussante du sexe des cycas les attire. Est-ce pour cela que ces aveugles qui volent au radar ont mauvaise réputation ? Est-ce cela qui nous a conduits au mythe des vampires assoiffés de sang ?

Quittons les séductions sculpturales des végétaux quelques instants pour approfondir ces questions.

Les vampires et les OGM

Si nous sommes verts de peur à la seule évocation des vampires, c'est encore une affaire de chimie qui a mal tourné. Le jeu de la séduction repose sur la dialectique loi de l'attraction-répulsion qui règne dans la nature.

La chlorophylle qui donnait des yeux verts au bouillon primitif est une molécule de porphyrine avec un atome de magnésium piégé au milieu. On a vu que le sang rouge des mammifères était constitué de la même molécule, mais avec un atome de fer. Eh bien, il existe des maladies génétiques heureusement extrêmement rares qu'on appelle des porphyriases. Ces porphyriases provoquent l'ouverture de la molécule d'hémoglobine, la perte du fer et l'élimination par l'urine des tétrapyrroles ouverts, qui restent rouges, aussi rouges que les phycoérythrines des algues rouges, il y a des milliards d'années. Ce sont des biliprotéines rouges au lieu d'être jaunes comme dans le cas de la jaunisse (autre maladie en couleur). Cette maladie s'accompagne de violentes douleurs abdominales, de désordres psychiatriques et surtout d'une photosensibilité extrême à la lumière du jour. Le sang étant sans arrêt détruit, le patient a besoin de transfusions fréquentes. On peut spéculer qu'il développe ainsi le goût du sang frais ! Nosferatu, m'entends-tu ?

Si la science apporte ainsi une réponse à la question de la nature du vampirisme, elle en apporte une autre à son antidote, l'ail. *Allium sativum*, cette liliacée cousine de l'oignon, du poireau, de l'échalote et de la ciboulette possède une enzyme : la porphyrine-oxydase (ou porphyrase), qui ouvre le cycle de l'hémoglobine. On comprend dès lors que cette enzyme accélérant encore la destruction du sang soit intolérable aux vampires. Voilà pourquoi on a peu de chances de voir Dracula déguster un aïoli sur la Côte d'Azur à midi. *Porphyridium cruentum*, cette microalgue avec laquelle j'ai passé une partie de ma vie, celle qui fait verser au Christ en croix des larmes de sang avec sa phycoérythrine, est peut-être, après tout, l'ancêtre des vampires. Mon aversion pour l'ail viendrait-elle de là ?

Que les vampires se rassurent. Les végétaux voleront bientôt à leur secours. D'ores et déjà, l'herbe à Nicot, cette source de nicotine qui part en fumée, le *Nicotiana tabacum*, de la famille des solanacées, a été génétiquement modifiée pour produire de l'hémoglobine. La régie des tabacs va changer sa clientèle et faire fortune au bord des autoroutes où l'on cultivera des lieux de transfusion sanguine : directement du producteur au consommateur, le self-service de la circulation. Il n'empêche que le vampire commun *Desmodus rotundus* existe. Il vit en Amérique tropicale, du Sud du

Mexique à l'Argentine et au Chili, dans les régions à bétail. Ce chiroptère se nourrit essentiellement du sang des chevaux, des bovidés et parfois des oiseaux. Quarante-huit heures sans sang frais, et il meurt d'inanition. Aussi a-t-il développé un altruisme alimentaire surprenant. Il ravitaille les individus moins chanceux que lui pour les dépanner.

Quand l'amour est aveugle !

Pourquoi l'ananas attire-t-il les chauves-souris ? Comme les broméliacées, cette plante qui plaît tant aux vampires a des feuilles engainantes qui forment des tubulures où s'accumulent l'eau et les détritus animaux et végétaux. La plante sécrète de la papaïne, cette enzyme qui attendrit la viande. Il s'en dégage une odeur de cave et de fermentation qui attire des chiroptères, mammifères volants pollinisateurs aveugles mais efficaces. C'est probablement de la même façon que certaines plantes deviennent carnivores. Tels les népenthès, dont les feuilles en forme d'urnes sont des pièges à insectes. De même, les *Sarracenia*, *Darlingtonia* (la plante cobra, drôle de darling !). Les urnes sont colorées avec des glandes à nectar disposées sur le pourtour. Dans l'eau des urnes où des insectes se noient, la plante sécrète des chitinases qui attaquent la cuirasse des insectes et libèrent des nitrates et de l'ammoniac directement utilisable par la plante comme source d'azote. Cependant, il y a là une belle gratuité car la plante est parfaitement capable de se passer de cette source d'azote. Il est des cas où le hasard n'obéit à aucune nécessité. Du moins peut-on le penser jusqu'à preuve du contraire.

La feuille de la dionée, elle, est beaucoup plus vicieuse. C'est une forme de perfection dans le futile et l'inutile. Un véritable fleuron pataphysique. Les deux lobes de la feuille sont bordés de poils épineux. Dans la partie centrale de chaque lobe, on trouve trois poils hypersensibles aux chocs. Si un poil est touché, les deux lobes de la feuille se rabattent brusquement l'un sur l'autre et piègent la mouche qui sera peu à peu digérée par des glandes à enzymes (chitinases et protéases). Des gestes aussi rapides pour le végétal sont tout à fait exceptionnels, chacun sachant que la plante clouée au sol par ses racines est immobile. Eh bien, c'est vite dit ! La preuve, le *Mimosa pudica* qui porte bien son nom : lorsqu'on touche une foliole de cette feuille composée, elle se couche rapidement, si l'on insiste, c'est la feuille complète qui se replie, et si on va plus loin, toutes les feuilles vont se refermer et se rabattre contre la tige. Cela se fait grâce à trois massifs cellulaires appelés pulvinules. L'un à la base des folioles, l'autre à la base des feuilles et le troisième, à la base de la tige portant la feuille. Le mouvement se produit grâce à une variation extrêmement rapide de la turgescence cellulaire (ou teneur en eau) des pulvinules. C'est la plante la plus turbulente qu'on connaisse, mais on peut calmer son impatience avec du chloroforme et l'endormir quelques instants pour la toucher impudiquement. Les plantes, pas toujours aussi pudiques que cet acacia, possèdent aussi la famille bien nommée des Phallacées, ainsi baptisées par Linné à cause de leur aptitude à sculpter des Phallus dans leurs parties sexuelles. Chose que réussit très bien le champignon *Phallus impudicus*, qui lui, reste immobile sous la caresse des scarabées qu'il attire avec une puanteur parfumée qui ravit les coléoptères. Linné, dans ses nomenclatures, ne dédaignait pas ou du moins n'ignorait pas le sexe. Il nous en donne un autre exemple avec la Clitoria, cette petite papilionacée qui, pour échapper au poids des insectes, se retourne sur elle-même, montrant son éperon rose évoquant un clitoris végétal.

Donc, c'est dit, les plantes, au moins les plantes terrestres sont immobiles, fixées par leurs racines, alors que certaines plantes aquatiques, bien que n'ayant pas de mobilité propre, sont mues par l'eau. Seules les microalgues, plantes à part entière, sont mobiles, du moins certaines d'entre elles, capables de nager à leur guise. Celles qui ne le sont pas, par d'étranges symbioses se fixent sur la fourrure des animaux qui peuvent à leur tour verdir comme l'ours polaire en certaines circonstances, ou des paresseux, qui ont en permanence sur le dos une raie verte constituée de cyanobactéries photosynthétiques. Cette décoration symbiotique est devenue un caractère spécifique de ces paresseux. Pas si paresseux, puisqu'ils promènent les algues.

L'entremetteur et la séductrice

Quand Michel Leiris écrit dans *Ce que les mots me disent*, à « Botanique » : « ta beauté panique », on comprend bien ce qu'il évoque. On le sait bien, depuis le XVIIIe siècle, le pollen que Joseph Python de Tournefort, ce grand botaniste aixois, prenait pour l'excrément des plantes, contient les gamètes mâles (spermatozoïdes) qui doivent aller féconder les gamètes femelles (ovules). La partie mâle, constituée par l'étamine avec ses anthères et le pollen, doit d'une façon ou d'une autre, atterrir sur le pistil qui surmonte l'ovaire contenant les ovules. Linné simplifie la question avec romantisme en appelant la partie mâle l'*andria*, la partie femelle la *gynia*, s'inspirant du grec désignant les époux. Une fois sur le pistil, le pollen va germer, envoyant ses gamètes dans le tube en direction de l'ovule. Là encore, c'est Madame qui décide, encore faudra-t-il que le pollen soit reconnu, annoncé, présenté. Encore faut-il qu'il soit du même genre, de la même espèce et, si possible, éviter la consanguinité. Les mécanismes de reconnaissance portent sur ces délicates questions.

Mais il y a loin de la coupe aux lèvres. L'autogamie étant exceptionnelle, le pollen de la même fleur ne va pas féconder ses ovules. De plus, les ovules ne sont pas forcément matures quand le pollen est prêt. Et même si c'était le cas, il arrive que par des géométries sexuelles invraisemblables (ce qui est le cas des orchidées), le pollen soit placé de telle façon qu'il ne puisse pas atteindre les ovules. Heureusement, le pollen, lui, est résistant, déshydraté, entouré d'une couche moléculaire de sporopollénine presque indestructible puisqu'on la retrouve intacte dans des sédiments pétrolifères après des dizaines de millions d'années. Il va donc pouvoir tenir quelque temps, ce qui lui permettra d'avoir recours à des entremetteurs : souvent le vent, plus rarement l'eau, parfois les animaux à poil, mais surtout les insectes.

C'est là qu'il faut faire appel à la séduction, au leurre, à la tromperie, au boute-en-train (c'est le leurre en bois que l'on fait monter comme une femelle par le taureau ou le verrat bien excité). L'*Ophrys apifera*, orchidée indigène dans le Midi de la France, deviendra la séductrice avec un labelle sculpté et coloré en abeille femelle émettant la phéromone qui attire le mâle. Le mâle abeille sera l'entremetteur entre Monsieur et Madame Ophrys pour leur offrir des enfants. Le pauvre mâle confondu s'abat et s'excite sur ce qu'il croit être sa femelle. Il en détache les sacs de pollen, les pollinies, et, séduit par une deuxième plante, ira les déposer sur le pistil de Madame Ophrys.

Plusieurs choses sont ici troublantes. Nous sommes

face à un vrai mimétisme, avec un modèle (ici c'est l'abeille femelle), un imitateur (l'orchidée) et une dupe (l'abeille mâle). Imiter l'abeille femelle par hasard et la retenir par nécessité à l'aveuglette (la plante n'ayant pas les yeux du sculpteur) n'est probablement pas une tâche facile. Car de plus, il s'agit bien d'un mimétisme spécifique. Tromper le mâle est plus facile. Le boute-en-train, le succès des sex-shops, de *Playboy* et des films X en témoignent. Mais l'autre question qui vient à l'esprit est la suivante : si les abeilles mâles fréquentent sans arrêt et sans assouvissement les fausses femelles des ophrys, où trouvent-ils le loisir et le temps de féconder les vraies abeilles ? Cette stratégie est plus complexe qu'on ne peut l'imaginer, car elle suppose que les insectes mâles matures apparaissent avant les femelles (ce qui est le cas), que l'épanouissement des orchidées corresponde à la sortie des insectes mâles, et que leur fécondation soit terminée quand apparaîtront les femelles. Cela bien sûr pour éviter toute compétition nuisible à la survie et de l'insecte et de l'orchidée. Seules peuvent se réjouir de cette affaire les abeilles femelles, qui trouvent en arrivant sur le marché nuptial des mâles bien entraînés aux transports amoureux. Ainsi pourraient-elles écrire une sorte d'écophysiologie du discours amoureux à la manière de Roland Barthes, bien que Barthes décrète : « Le sexe est partout sauf dans la sexualité. » Va savoir qui a raison ?

Il n'y a pas qu'*Ophrys apifera*, d'autres orchidées utilisent le même type de séduction : *O. speculum* avec une guêpe nommée *Trielis ciliata*, *O. lutea* avec une abeille nommée *Andrena senecionis*, *O. muscifera* avec une guêpe du genre *Gorytes*, *O. fuciflora* avec des abeilles, les *Eucera tuberculata*... En Colombie, à 3 000 mètres d'altitude, une autre orchidée *Trichoceros antennifera* séduit et trompe une petite mouche, la *Para gymnomma*. Mais dans tous ces cas, le pauvre mâle dupé n'est qu'excité, jamais soulagé. Seule une orchidée australienne, l'orchidée langue ou *Cryptostylis erecta*, a eu pitié des mâles frustrés et leur a prévu une sorte de slip kangourou, une languette enroulée en fourreau qui permet aux mâles australiens moins patients et crédules que les mâles occidentaux d'assouvir leur désir en éjaculant. L'heureux gagnant à ce jeu de la séduction est une guêpe du nom de *Lissopimpla semi-punctata*, pas folle la guêpe ! Chez *Stanhopea graveolens*, une autre orchidée tropicale, l'endroit est dangereux. Les mouches séduites, surtout par le parfum et le nectar de la fleur, s'y engouffrent, et bien au fond une araignée les dévore. Mais la morale est sauve, car une espèce de colibri, consommateur spécifique de cette araignée, vient la manger et c'est lui qui transporte le pollen dans ses pattes. Si la séductrice est toujours là, il a fallu trois entremetteurs pour arriver au transport du pollen : la mouche, l'araignée et l'oiseau.

En Afrique du Sud, la plante *Stapelia nobilis* prend l'aspect, la couleur et la puanteur de la viande en décomposition pour séduire une mouche particulière qui favorisera la dispersion du pollen.

Quand les plantes se métamorphosent, le modèle n'est pas toujours un insecte comme pour l'ophrys ou un oiseau comme chez le *Strelitzia*. Il peut être un autre végétal, voire même un minéral : ainsi les plantes du genre lithops, qui imitent les cailloux en Afrique et diminuent leur risque d'être dévorées par les herbivores. Mais là nous quittons la séduction pour le camouflage.

Dans le cas des orchidées, la séduction est indéniable et le rituel qu'elles engendrent est évident. Nous avons là un splendide exemple de métamorphose avec toute la théâtralisation qui l'accompagne : métamorphose des feuilles en fleurs, métamorphose du labelle en animal, tel que le pressentait Goethe en 1790, aussi botaniste que poète. Ne peut-on imaginer derrière cela Faust, ou le docteur Faustus de Thomas Mann avec sa spéculatoire ou encore le Faustroll d'Alfred Jarry ? La botanique, c'est pataphysique !

Ces sculptures végétales ont beaucoup fait travailler l'imaginaire sous-tendu par l'alchimie et la magie, ces précurseurs de la science. Ainsi, les jardiniers grecs et latins qui pratiquaient l'art topiaire taillaient-ils les arbustes pour leur donner des formes humaines et animales, à l'inverse des dieux qui transformaient les humains en végétaux.

Le fruit défendu

Défendre de toucher au fruit revient à interdire la séduction, car la plupart des fruits sont attirants, tant par leur forme que par leur couleur et leur parfum qui s'y accumulent à maturité. La fleur avant fécondation séduit les insectes et les hommes, et il s'avère que cela est très utile, voire indispensable à la pollinisation, donc à la fécondation. Une fois fécondée, ses attraits s'effacent, se fanent pour laisser la place à ce que Georges Bataille appelle « l'obscénité de la fleur fanée ». C'est à ce moment que se prépare le fruit et que les insectes parasites (tels les papillons, tordeuses, carpocapses, etc.) en profitent pour venir pondre leurs œufs.

Puis arrive le jour tant attendu où la pomme est mûre, colorée, parfumée, juteuse, où l'abricot resplendit de son bêtacarotène jaune-orange. Les primates que nous sommes, souvent en compétition avec les oiseaux, assureront la cueillette de ces fruits et la dispersion de leurs graines. Ainsi, les plantes immobiles usent de la mobilité des insectes et des oiseaux pour assurer leur fécondation puis de la mobilité des mammifères et des primates pour assurer la dispersion de leurs graines. Toute la séduction dont elles sont capables aboutit à cette logique de transport, un peu à la façon des autostoppeuses en bordure de la route qui mène à Saint-Tropez. Celles et ceux qui doutent de cette métaphore n'ont qu'à se poster dans les allées d'un marché provençal en été pour observer les étranges relations visuelles et tactiles qui se nouent entre l'homme, la tomate, le poivron, l'aubergine, la fraise, la cerise, ou encore, en automne, les fruits des cucurbitacées. Tous ces signaux colorés, photoprotecteurs aux propriétés antioxydantes, voire vitaminiques, vont devenir des signaux gastronomiques et, loin d'être à l'œil, ils feront la joie des vendeurs et des publicistes.

N'oublions jamais que le Malin habite la pomme, *Malus pumilus*, et sait s'en servir quand il le faut, économiquement et même politiquement. Mais voilà, la pomme ne manque pas de pépins, c'est pourquoi il faut en prendre de la graine pour planter de nouveaux vergers. Le duc de Praslin, exilé dans les Seychelles, y fut séduit non par une pomme mais par le fruit d'un palmier ayant la forme et la taille d'une paire de fesses. Ce cocofesse, décorant le bureau d'André Breton, mettait en joie les Surréalistes. Le duc décida de protéger et de développer cette espèce dans l'île tout en faisant venir de Provence des friandises sucrées qui allaient devenir les « pralines ». C'est la conjonction de ces pralines et de cet arbre à fesses qui nous a valu cette délicieuse expression : « cucul la praline », souvenir d'une évidente séduction du duc par le fruit d'un palmier. Les plus actifs des planteurs de graine sont probablement les rongeurs qui s'en nourrissent et en stockent dans leurs galeries souterraines. L'écureuil, pour sa part, joue un grand rôle dans la dissémination des conifères et des noisetiers au point de devenir une image séduisante pour les épargnants.

Les excréments animaux, crottin de cheval ou bouse de vache, sont aussi de hauts lieux pour les graines qui, comme le pollen, grâce à leur résistance (à leur patience), à leur relative déshydratation et à leurs enveloppes protectrices, peuvent survivre longtemps avant de germer. Elles peuvent rester en vie ralentie, attendant le jour favorable, souvent sous l'effet de mécanismes plus ou moins compliqués, résumés sous le joli nom de dormance des graines. Ainsi, la Graine au Bois Dormant peut attendre le Prince Charmant très longtemps. C'est ce qui se passe pour la graine du charme. Le charme n'est-il pas le comble de la séduction, au point que même les physiciens parlent de leurs « particules charmées ».

On peut aussi, si l'on ne sépare pas l'ivraie du vrai grain, semer sans le vouloir la zizanie dans les esprits. Ainsi la Bible utilise-t-elle le mot « zizanie » pour désigner la graine d'ivraie qui est une graminée du genre *Lolium*, alors que la *Zizania* (celle des botanistes) est une cousine du riz sauvage qui pousse au Québec et était utilisée par les Iroquois qui la semaient en jardin ennemi. C'est une mauvaise herbe étouffant les récoltes. Les missionnaires qui ont vécu avec les Iroquois sont-ils à l'origine de cette variante du mythe biblique ?

La botanique emprunte si souvent d'étranges parcours ! Tel ce *Helianthus tuberosus* du Québec qui, arrivant à Paris, en même temps qu'une famille d'Indiens d'Amazonie, les « Topis Nambaous » devient le « topinambour ». Son cousin, l'*H. anus*, du Dakota, le tournesol des Indiens Mandans, se nomme « Watacha zizi ». Ainsi, Zazie, pour semer la zizanie, pourrait dire "Touche pas à mon Watacha zizi ! Car ma fleur est taboue." Il serait impensable d'en disperser les graines. Les Mandans, observant les capitules riches en bêta-carotène des tournesols tournant d'est en ouest, suivant en cela le soleil dans sa course, en déduisent qu'il s'agit de « femmes jalouses » (*watacha zizi*) surveillant les maris du matin au soir. La France rurale et estivale d'aujourd'hui est devenue un grand jardin de femmes jalouses auquel Van Gogh a apporté sa contribution.

La graine peut prendre tant de place dans la vie d'un homme qu'il peut être amené à échanger son royaume contre un plat de lentilles s'il est affamé, ce qui fut le cas d'Ésaü. Il faut dire que la lentille a dû être l'une des premières à séduire l'*Homo sapiens* car on retrouve la trace de sa culture dans le Croissant fertile du Moyen-Orient au début du Néolithique, c'est-à-dire environ 12 000 ans avant Jésus-Christ. L'expression "casser la graine" ne date pas d'hier.

II

*Être au parfum
et séduire en couleurs*

On attrape les mouches avec du vinaigre

Pour que se forme l'œil d'une mouche qu'on attrape avec du vinaigre, la drosophile, il faut mettre en œuvre au moins 2 500 gènes. Voilà le prix à payer pour avoir le droit de voir le monde en couleurs. On sait aujourd'hui qu'un seul gène maître au sommet de cette série de 2 000 à 3 000 gènes détermine la formation de l'œil. Ce gène maître a été retrouvé chez les vers plats, les insectes, les mammifères et l'homme. C'est dire que la vision, même rudimentaire, apparaît assez tôt dans l'évolution, et c'est heureux car les couleurs étaient déjà là des centaines de millions d'années avant. Ce fut une période très dure pour les séducteurs car on ne pouvait pas les voir. Pourtant, le monde était déjà coloré.

Périodiquement, la mer avait ses crises, avec des marées vertes (dues à des proliférations d'algues vertes), des marées blanches (prolifération de coccolithes), des marées rouges (dues à des dinoflagellés riches en caroténoïdes). Les coraux eux-mêmes, ces animaux (polypes) déguisés en arbustes minéraux, prenaient des couleurs rutilantes, du violet au rouge sang, en passant par le bleu, le jaune, le vert et l'orange, grâce à l'accueil symbiotique d'algues microscopiques. Ces récifs coralliens prenaient parfois des allures aguicheuses comme ceux de Bikini, un atoll du Pacifique qui a servi à des expériences atomiques, puis est devenu un atout de séduction sous la forme d'un maillot de bain, ancêtre du monokini. L'atoll abritait tout un peuplement coloré de langoustes rouges, de coquillages, d'éponges, d'anémones, de poissons aux coloris variés comme le poisson-papillon ou le poisson-perroquet, d'étoiles de mer, de calmars et de concombres de mer rouges, d'oursins, de méduses et de polychètes, des vers déjà dotés d'un œil.

Les choses ont bien changé depuis. Le séducteur est là, sportif, bronzé, gonflant ses pectoraux devant des proies putatives ornées de colliers de coraux et luisantes de crèmes cosmétologiques antisolaires et antirides, examinant les attraits de l'éventuel partenaire à l'abri de leurs lunettes de soleil. La mer continue quand même à leur envoyer des signaux qu'ils ne voient pas, des signaux de détresse colorés : marées vertes, trop de nitrates ; marées noires, trop de pétrole ; les coraux blanchissent laissant les zooxanthelles (les algues colorées) s'enfuir de leurs pores et c'est la mort lente, la mort blanche. Trop chaud, trop de gaz carbonique. Un paysage peut séduire, il peut aussi avertir que ça va mal quelque part.

Les mollusques s'en soucient-ils, eux qui n'ont pas de cerveaux mais simplement des ganglions nerveux interconnectés à quelques endroits du corps ? Prenons par exemple les limaces. Comment séduisent ces êtres visqueux capables de voir le rose ou le rouge qu'elles affichent ? Qui séduit qui, sachant qu'elles sont hermaphrodites (montées comme Hermès et vénusiennes quand même, c'est-à-dire androgynes) ? C'est la première qui tire son épingle du jeu qui séduit l'autre. Elles se courtisent en glissant l'une contre l'autre ventralement. La plus empressée perfore de son dard d'amour (*Spina amora*) le corps de son partenaire qui lui répond en la perforant à son tour. Ainsi punaisées l'une à l'autre pour éviter tout dérapage, la gymnastique amoureuse et l'ajustement des sexes deviennent possibles. On peut en imaginer le feu d'artifice. Heureux androgynes ! Même l'escargot, malgré le poids de sa maison de campagne, fait de même. Ce sont sûrement les céphalopodes, mollusques dotés d'un cerveau situé entre deux yeux qui sont les invertébrés les plus doués dans la séduction par la couleur. On ne peut être que subjugué par le pyjama blanc rayé de noir de la sépiole (*Sepioloidea lineolata*) ou par les chromatophores orangés ponctuant le bleu de la pieuvre. Les calmars des profondeurs comme le *Watasenia scintillans* ont de petits organes luminescents sur tout le corps qui leur permettent de séduire ou de se protéger de leurs prédateurs. Bien qu'en ce cas expulser son encre de Chine soit plus efficace. On doit aux céphalopodes (qui sont littéralement des « têtes-à-pieds ») une vraie révolution. Ces mollusques, au contraire des lamellibranches ou des gastéropodes abrités, protégés par une coquille (les coquillages), avalent la leur et s'en font une ossature. Ils inventent en quelque sorte le squelette. C'est ainsi qu'on retrouve les structures dures de la seiche après sa mort, ces « os » qu'on donne à picorer aux serins. Certaines pieuvres comme *Hapalochlœna* sont irrésistibles avec leurs tentacules palpeurs rayés de bleu et de jaune. Il en va de même pour les seiches géantes (*Sepia apana*) d'Australie. Le mâle exhibe des couleurs étincelantes tout à la fois pour courtiser la femelle et chasser les rivaux. Si la femelle est séduite, elle resserre ses bras sous sa tête et s'offre au mâle dans cette position d'un érotisme torride, pour parler sèchement. Dans le cas des poulpes, c'est le troisième bras droit ou bras hectocotyle du mâle qui sert d'organe reproducteur.

La séduction par la couleur de ces animaux mous (les mollusques) n'est pas étrangère aux durs que sont les arthropodes : crustacés et insectes. Dans un panier de crabes, le mâle séduit la femelle par sa couleur, souvent associée à une gracieuse danse ou nage nuptiale. Même les *Artemia salina* (ces microcrevettes) mâles gavés de l'orange du bêtacarotène ont une parade de séduction. Le champion de la parade en rouge n'est autre que l'écrevisse des rivières *Astacus astacus* qui donne son nom au caroténoïde rouge qu'il contient, l'astaxanthine. C'est ce même rouge ecclésiastique qu'on libère par hydrolyse de la crustacéine lorsqu'on plonge crabes, crevettes, homards, langoustines et écrevisses dans l'eau bouillante. On dit, pour reprendre l'expression utilisée par Brillat-Savarin dans sa *Physiologie du goût*, qu'on les « cardinalise ». Ainsi, les mâles des crustacés rougissent-ils de désir face aux femelles. Le crabe violoniste mâle possède une énorme pince encombrante en forme de violon rouge qui semble plutôt le handicaper mais lui confère auprès des femelles le pouvoir de séduire. "J'en pince pour vous, Madame", semble dire ce Don Juan.

Chez les insectes, les techniques de séduction explosent. Pour se valoriser, certains utiliseront la couleur, d'autres les parfums ou phéromones, d'autres enfin le chant et la danse. Les plus délicats pratiqueront la technique des petits cadeaux. André Langaney, dans son beau livre *Le Sexe et l'Innovation*, cite le cas d'une punaise mâle qui séduit la femelle avec une graine de figue ensalivée, celui de la mouche-scorpion mâle qui offre à la femelle sa vomissure et profite du fait qu'elle la déguste pour la féconder. Il cite aussi les empis, petits moucherons carnivores qui offrent une grosse proie à la femelle et s'accouplent pendant qu'elle déjeune. Dans le cas de la punaise séduite, elle ne sait pas ce qui l'attend car, bien que ces animaux aient des orifices génitaux normaux, le mâle la transperce et les spermatozoïdes sont véhiculés par le sang. Son pénis est une sorte de dard transformé en canon à sperme. Est-ce pour cela que les « pin-up » sont épinglées sur les murs avec des punaises ? En tout cas, les insectes ne méconnaissent ni le sadisme, ni le masochisme, ni le viol. Ils inventent même l'onanisme et l'insémination artificielle.

Bien que cela puisse paraître étrange, dans l'une des

nombreuses espèces de mille-pattes, le mâle séduit la femelle mais, lorsqu'on connaît la suite, on se demande si cela était bien nécessaire. Plusieurs questions se posent : a-t-il vraiment mille pattes ? Qu'y a-t-il entre chaque paire de pattes ? Que fait-il de toutes ses pattes ? Non, il n'en a pas mille mais beaucoup, une centaine. Le mâle a une dizaine de paires de testicules entre les pattes qui alimentent deux pénis et la femelle a deux vagins. De quoi imaginer une sexualité de rêve ! Que croyez-vous qu'il advienne ? Ce myriapode éjacule son sperme sur la terre devant la femelle. Puis, avec toutes ses pattes, roule de petites boules de terre imprégnées de sperme qu'il enfonce de force dans les deux vagins de sa dulcinée. Pourquoi ce détour, alors que tout était prévu pour une étreinte normale et indolore sans avoir recours au viol ?

Cela dit, il est des femelles qui ne sont pas plus tendres que les mâles. La femelle mante religieuse, qui est myope comme une taupe, dévore parfois le mâle après l'accouplement. Ce n'est pas si méchant qu'il y paraît, disent les entomologistes, c'est une réaction défensive. Elle se jette tout aussi bien sur n'importe quoi qui passe à sa portée, par exemple, un brin d'herbe qu'on agite devant elle. Si le mâle est malin, ce qui est rarement le cas, il se retire délicatement du dos de la femelle à reculons et s'éloigne tranquillement pour aller fumer sa cigarette. La plupart du temps, il éprouve au contraire le besoin de parader, de venir rouler des mécaniques auprès de la femelle. Sa fatuité lui coûte la vie.

Mais ce qu'on appelle Nature n'a pas de sens, ou tant de sens que cela n'a plus aucun sens. Elle n'a qu'un pouvoir, un vrai et réel pouvoir, pouvoir de production, ou plutôt de reproduction, détenu par les femelles. Il ne reste au mâle que des apparences dérisoires de pouvoir comme celui de la séduction, futile et illusoire, en direction de la femelle, qui en dernier ressort décide. Si le mâle fait la guerre et détruit tout, la femelle reconstruira avec les pacifistes et reproduira ainsi les futurs guerriers.

Les coléoptères (plus de 20 000 espèces), ou *beetles* (en anglais) font souvent de la musique avec leurs élytres. Beaucoup sont colorés en rouge, surtout pour rappeler la couleur du fruit défendu, ou en vert mordoré dans la famille des *Meloidæ*. *Lytta vesicatoria*, plus connue sous le nom de cantharide, fabrique un poison ($C_{10}H_{12}O_4$) appelé cantharidine. Poison aux vertus prétendument aphrodisiaques qui valut au marquis de Sade l'un de ses emprisonnements. Ce qui ne veut pas dire que Sade ait puisé une bonne partie de son inspiration chez les insectes, qui en matière de sexualité innovèrent des millions d'années avant lui. Mais les insectes n'écrivent pas, même si les scolytes laissent sous l'écorce des arbres un graphisme, une écriture encore indéchiffrée. La poudre de cantharide fut utilisée comme poison mortel par les Médicis. Son usage est encore répandu au Maghreb par les femmes pour garder les maris volages, en association avec la mandragore et la corne de rhinocéros pilée. La séduction ne connaît ni logique ni limite. Souvenons-nous qu'après tout les Égyptiens ont adoré un dieu Scarabée qui d'ailleurs, en grec, se nommait Kantharos ou Heliokantharos. Sous leur armure de chitine, les *beetles* ont aussi fourni aux Sud-Africains des armes illicites. Les Bushmen plongeaient la pointe de leurs flèches dans une bouillie de *Diamphida locusta* écrasée ou encore de *Blepharida evanida*, ces deux espèces sécrétant un poison extrêmement violent.

Quand un insecte met ses couleurs en jeu, il peut obéir à deux règles. La première, se faire oublier, mimer les couleurs de son environnement pour se camoufler des prédateurs. La deuxième, se faire voir, se montrer, surtout si c'est un mâle, pour séduire la femelle. Les champions de la première règle sont sans doute les phasmes, prenant la forme et la couleur de brindilles ou de feuilles sèches qui les mettent à l'abri des oiseaux, sans aucun souci de se montrer, car les phasmes se reproduisent par parthénogenèse, sans fécondation. Quant à leurs œufs, rien à craindre : ils ressemblent à s'y méprendre à des graines. Ce camouflage est comme un théâtre où jouent trois acteurs : le modèle (une brindille, une feuille), le mime, et la dupe (le prédateur). Ce trio est inséparable. Le mime doit être vigilant aux variations de chacun. S'il ne suit pas bien l'histoire, il est mangé. Quand on parle de sélection naturelle, on parle de cela. Il faut vivre, survivre. Manger sans être mangé.

À l'invitation de Jean Rostand (*Les Bestiaires d'amour*), penchons-nous un instant sur le pou. On ne sait comment l'époux pou séduit Madame. Ce qu'on sait, c'est que le couple s'accroche à la verticale à un même cheveu, ventre à ventre et copule très longtemps. Il arrive même que le mâle décroche et meure d'épuisement. L'expression populaire "jouir comme un pou" a trouvé ses fondements grâce à Jean Rostand, qui par ailleurs était plutôt un homme à grenouilles. Ce grand biologiste n'était pas un admirateur de la logique naturelle. Dans *Ce que je crois*, il écrivait en 1953 : « Incohérente, imprévoyante, gaspilleuse, tumultueuse, insoucieuse de l'échec comme de la réussite, œuvrant désordonnément dans tous les styles et dans toutes les directions, prodiguant les nouveautés en pagaille, lançant les espèces les unes contre les autres, façonnant à la fois l'harmonieux et le baroque, lésinant sur le nécessaire et raffinant sur le superflu, créant indifféremment ce qui doit succomber demain et ce qui doit traverser les âges, ce qui va dégénérer et ce qui va persévérer dans le progrès… ainsi nous apparaît la vie évoluante et qui, tout à la fois, nous stupéfie par la puissance de ses talents et nous déconcerte par l'emploi qu'elle en fait. » Ainsi s'exprimait le fils d'Edmond Rostand, auteur du trop méconnu *Chantecler* qui nous en dit long aussi sur la séduction, ne serait-ce que par la maîtrise de ce vers non répertorié par les zoologistes, l'alexandrin, avec ses douze pieds qui le rapprochent de l'épatant mille-pattes. On comprend pourquoi Jean Rostand a écrit que « la seule forme de poésie rétribuée par l'État est la recherche scientifique ».

Les couleurs vives chez les insectes ne sont pas nécessairement des signaux de séduction. Elles peuvent être des signaux de reconnaissance spécifique, comme chez le criquet pèlerin traversant le désert. Elles sont alors des signaux de répulsion plutôt que d'attraction, notamment vis-à-vis de l'ennemi, le prédateur : l'oiseau. Les couleurs vives de ces objets publicitaires volants signifient : "Attention danger. Attention poison !" Les oiseaux, après avoir fait quelques expériences malheureuses sur ces proies à toxines en gardent la mémoire. Ils développent ainsi une vraie culture de la couleur et n'y touchent plus.

La couleur peut aussi être un leurre qui, déployé à temps, intimide le prédateur et l'arrête dans son élan. Ainsi de grands ocelles sur les ailes de certains papillons simulent les yeux d'un rapace avec suffisamment de conviction pour éloigner le prédateur. Certains papillons, les plus beaux, les plus colorés, peuvent voler lentement, déployant tous leurs charmes, nonchalamment, sans souci des oiseaux. Comme de jolies fleurs de papillon, ils sont là pour se montrer. On a vu que les plantes pouvaient être d'excellents mimes, notamment les orchidées. Mais les insectes et en particulier les lépidoptères sont, parmi les animaux, les mimes les plus doués. Tant pis pour eux s'ils séduisent si bien les chasseurs de papillons. Leur ennemi, c'est surtout l'oiseau. Ils n'ont pas encore eu assez de temps devant eux pour se protéger des collectionneurs. Pour se convaincre de leur talent, il faut avoir parcouru *Masques et Simulacres* de Claude Nuridsany et Marie Pérennou, dont l'œuvre photographique est remarquable.

L'importance donnée aux insectes ici n'est pas exagérée lorsqu'on sait qu'il en existe plus de 400 000 espèces, soit autant que d'espèces végétales connues. L'insecte est le numéro un du monde animal. Des papillons des forêts amazoniennes font littéralement de l'œil aux oiseaux. On les nomme *Ophtalmophora* (porteurs d'yeux). Ils ont des ocelles comme les papillons-chats de Nouvelle-Guinée ou les papillons-hiboux du Pérou (*Caligo*) avec au centre de l'ocelle une pupille brillante faite d'une tache nacrée. Comment la Nature pourrait-elle être crédible avec des fleurs qui se déguisent en insectes et des insectes qui se déguisent en oiseaux !

Et après tout, pourquoi la séduction ? Elle semble liée à la sexualité. Avions-nous vraiment besoin de cela alors que la parthénogenèse est très productive et conduit à des clones viables ? On a calculé que si une femelle procrée deux fois dans sa vie, dix générations plus tard, la population se reproduisant sexuellement sera mille fois moins nombreuse que si elle se reproduisait autrement. On appelle cette perte d'efficacité énorme « le coût des mâles ». Et pourtant, 95 % des espèces vivantes ont choisi la sexualité. Il semble que le brassage des gènes permette aux espèces sexuées de mieux s'adapter aux variations de l'environnement. C'est parce que la sexualité engendre la diversité qu'elle a supplanté le clonage (la photocopie), qui en faisant du pareil au même fragilise l'avenir des espèces. Il semble bien que Dame Nature (en supposant qu'elle existe) ait, pour l'essentiel, déjà dit « non » au clonage depuis plusieurs milliards d'années.

Le staphylocoque par exemple, en peu de temps, pourrait, à partir d'une seule cellule, par « photocopie », engendrer une colonie de la taille de la planète Terre. Encore faudrait-il qu'il trouve assez de sucres, de nitrates, de phosphates et d'eau pour atteindre ce volume, ce qui n'est pas le cas ! Voilà pourquoi la Terre n'est pas un gros furoncle. Elle n'est qu'une planète bleue comme une orange si l'on en croit Éluard et Armstrong, qui chacun à sa façon ont été dans la Lune.

Chez les insectes et en particulier chez ceux qui vivent en société, comme les abeilles, les fourmis, les termites, il faut arriver à pouvoir se sentir, même quand on ne peut pas se voir. La fourmi a mis au point un système de communication par les parfums ou phéromones extrêmement sophistiqué, une véritable langue étrangère qu'a apprise et comprise Werber, l'auteur de trois romans sur cet insecte. Dans cette société de classe avec des travailleurs, des militaires et des nobles, les signaux de reconnaissance et d'échange sont capitaux pour la vie de la fourmilière, seule idéologie de la fourmi, altruiste et complètement socialisée. Chez les volants comme les abeilles, le mâle sent la femelle à une distance de un kilomètre, ce qui pour nous est difficilement concevable, même à Marseille, un jour de mistral. Est-ce à dire que l'odorat soit bien développé, tout comme l'œil chez les oiseaux ? Odorat qui doit avoir évolué très tôt dans l'évolution puisque même l'étoile de mer est capable de sentir l'huître à distance, son mets préféré. L'huître, par contre, n'a d'autre défense que celle de s'enfermer dans sa coquille. Sa coquille s'ouvre et se ferme grâce à des photorécepteurs placés sur la périphérie du mollusque. Elle se ferme à la lumière et s'ouvre la nuit et c'est bien sûr à ce moment-là que l'étoile s'abat sur elle. Cette huître qui, pour vivre, doit filtrer des litres d'eau de mer riche en microalgues au point d'en prendre la couleur et la saveur. L'huître verte de claire doit sa jolie couleur et son goût à une navicule (*Hasleria*), le vert de la marénine n'étant pas encore chimiquement identifié. Une huître gavée de *Phœdactylum* a un goût différent et une couleur plus terne. C'est donc ce que l'huître mange qui lui confère son attrait gastronomique. Encore une illustration du fait que la séduction, ça se mange ! L'étoile de mer qui a raté une huître peut toujours se rabattre sur la coquille Saint-Jacques qui exhibe impudiquement le sexe rouge de son corail (astaxanthine). Elle en dégustera l'escalope ! Oui, vous avez bien lu. La chair de la coquille se nomme « scalope » au Moyen Âge, ce nom est d'ailleurs resté dans les langues anglo-saxonnes. Par déformation, « scalope » est devenu « escalope » en français, et la coquille, dans le même temps, devenait le prototype de la soucoupe, de la sébile si importante lors des pèlerinages à Saint-Jacques-de-Compostelle.

L'odorat de l'insecte est souvent très développé. Le bombyx mâle (le papa du ver à soie) a des antennes qui lui permettent de repérer sa fiancée à plusieurs kilomètres de distance, son parfum contenu dans deux glandes abdominales étant suffisamment spécifique. La soie de nos compagnes qui ravit le bout de nos doigts est le résultat de ce raffinement olfactif. La séduction de ce lépidoptère a des prolongements chez les mammifères que nous sommes dont il n'a sûrement pas idée.

Les insectes sociaux sont les champions de la communication chimique par les terpènes (voie de la séduction), avec des fonctions alcools, aldéhydes, des hydrocarbures, des esters, des lactones et des alcaloïdes.

On connaît environ 600 composés (messages) émis par les hyménoptères (abeilles, guêpes, fourmis, etc.) et les isoptères (termites). Quant à la fourmi, elle est une véritable usine à phéromones avec des glandes mandibulaires (émettant du 2-ectanone, du citronellal, un amino-cétophénone, du 2-6-dimethyl-5-hepten-lylnonanoate, du benzylméthyl sulfide, de la dendrolasine, du méthylantranilate), des glandes postpharyngiennes (donnant les mélanges d'hydrocarbures), une glande pétapleurale (émettant de l'acide hydroxydécanoïque et de l'acide indole acétique) et une glande anale (donnant le cis-1-acétyl-2-méthylcyclopentane et le 4-méthyl-2-héxanone), l'équivalent d'une petite raffinerie de quelques centimètres. Ces phéromones sont de véritables cartes d'identité chez les insectes sociaux. La source de ces phéromones est parfois végétale, d'origine alimentaire. Ainsi, les danaïdes, qui sont des papillons de nuit, dépendent des borraginacées pour fabriquer leur alcaloïde, la danaïdone, leur aphrodisiaque. Souvenons-nous des Danaïdes de l'Antiquité grecque : les cinquante filles de Danaos, durant leur nuit de noces, tuèrent leurs cinquante époux (sauf Hypermnestre, qui épargna Lyncée parce qu'il l'avait respectée). Elles furent condamnées, en enfer, à remplir d'eau un tonneau sans fond.

Les maîtres nageurs nous en font voir de toutes les couleurs

Quittons les invertébrés pour voir un peu comment les vertébrés, plus proches de nous par le squelette, utilisent leurs couleurs et leurs parfums pour séduire les femelles. Replongeons-nous dans l'eau avec les poissons qui sont souvent de grands séducteurs aussi magnifiquement décorés que les maquereaux qui jouent du leurre bleuté avec leurs écailles pour plaire aux maquerelles. Si les drosophiles (ces mouches du vinaigre) pratiquent le léchage après quelques attouchements délicats avant la copulation, le mâle de la perche va beaucoup plus loin et invente la fellation (de *fellatia*, petites divinités antiques qui venaient traire non les brebis mais les bergers). En effet, Madame Perche, après avoir pondu, met les œufs dans sa bouche et c'est là que Monsieur Perche, si sa parade est réussie, aura le droit d'éjaculer son sperme. Ainsi a lieu la fécondation, et les enfants sont bien protégés. Un autre poisson d'eau douce, la bouvière, fait mieux. Il injecte son sperme dans le siphon anal d'une moule, là où la femelle a pondu ses œufs. C'est l'invention de la mère porteuse. Le père porteur, cas unique, c'est l'hippocampe, ce papa gâteau, qui reçoit dans son ventre les œufs de la maman et qui accouche douloureusement au grand dam des dames.

Mais dans le genre « papas gâteaux », les poissons de la famille des cichlidés, chers au cœur de Konrad Lorenz, ne sont pas mal non plus. Les amateurs d'aquarium connaissent bien ces passionnants et beaux poissons d'eau douce. Chez les poissons-bijoux, rouges à taches bleues (*Hemichromis bimaculatus*), le mâle va chercher les petits alevins, les aspire délicatement dans sa bouche et vient les recracher dans le nid. (Car oui, chez les cichlidés, on fait des nids.) Le mâle séduit la femelle par ses couleurs, tout comme le poisson combattant, qui rougit de colère lorsqu'un autre mâle approche de son territoire et rougit d'amour face à la femelle qu'il convoite. Il déploie ses couleurs en une chorégraphie nautique très ritualisée. Chez la perche bariolée (un autre cichlidé), la parade rituelle est très sophistiquée et débouche, quand la fiancée est séduite, sur un mariage définitif. Là, commence ce que les bipèdes moralistes nomment la fidélité conjugale; ce qui n'est pas nécessairement la finalité de la séduction.

Mais l'aquarium a ses limites. Si l'on peut y observer la séduction, il fausse les conditions d'observation de l'agression en coupant la retraite aux plus faibles ou aux moins courageux, alors que dans la nature « le combattant », tout comme le coq, a la possibilité de s'enfuir, sauvant ainsi sa vie. L'homme, en l'incarcérant, le condamne au combat à mort. Ce jeu non gratuit est pratiqué par les hommes, qui bien souvent sont restés vivants grâce à leur capacité à fuir les combats dangereux. C'est à Henri Laborit, ce biologiste qui joue son propre rôle dans le film d'Alain Resnais *Mon oncle d'Amérique*, qu'on doit un bel « éloge de la fuite ». Celle qu'on refuse aux poissons d'aquarium et aux oiseaux de nos volières, animaux que nous dénaturons.

Les poissons comme les insectes ont aussi des systèmes de séduction olfactifs. Ils ont du nez et c'est heureux car ils nagent souvent en eau trouble, là où la vision est mauvaise. Parmi les quelque 30 000 espèces de poissons, réparties aussi bien en eau douce qu'en eau de mer, chaude ou glacée, beaucoup d'entre eux se repèrent au nez. Ainsi le long voyage des saumons ou celui des anguilles repose-t-il sur la mémorisation à long terme des odeurs du parcours. C'est aussi l'odeur du prédateur comme le brochet qui fait fuir les petits poissons. La femelle est décelée à l'odeur et ce sont ses phéromones qui conduisent les mâles à la frayère, là où sont les femelles. Le poisson est sensible à deux types d'odeur : les phéromones intra-spécifiques et les substances dites allélochimiques, provenant des autres espèces vivantes (plantes ou animaux, notamment les prédateurs). Le mâle met souvent sa couleur en jeu pour séduire, et beaucoup de nos poissons d'aquarium sont choisis sur ce critère. Séduire l'aquariophile ou séduire la femelle implique la même stratégie. Mais pour que les poissons se reproduisent en élevage, il convient de savoir les nourrir. Un bon mélange de glucides, de lipides et de protéines ne suffit pas. Il faut y ajouter des caroténoïdes extraits de plantes ou de crustacés pour colorer les mâles correctement. Ainsi seulement le frétillant petit guppy pourra-t-il réaliser sa danse aquatique autour de la terne femelle. De même la truite d'élevage ou le saumon d'élevage auront-ils cette chair rose tendre (pour le goût latin) ou presque rouge (pour le goût scandinave) en fonction de la dose d'astaxanthine qu'ils auront reçue. Là, il s'agit d'animaux de consommation tués avant d'avoir atteint leur maturité sexuelle. Si on les laisse vieillir, on voit peu à peu la chair se décolorer et le pigment migrer à la périphérie vers les loges, les ornementations qui sont, elles, programmées génétiquement. C'est par l'alimentation que le poisson vient colorier les motifs décoratifs prédessinés qui le rendront séduisant, donc bon pour la reproduction. Son alimentation est bien une pression de sélection dans son évolution, et c'est la femelle qui choisit la couleur. Si le poisson est au fond, là où la lumière n'arrive pas, dans la nuit abyssale, des signaux luminescents basés sur le couple luciférine-luciférase remplaceront la couleur. Même à la surface, dans les mers du Sud, certains poissons aux mœurs nocturnes utilisent la lanterne luminescente. C'est le cas du bien nommé *Photoblepharon*. Il se nourrit du plancton qu'il illumine avec des organes phares envoyant une lumière bleue. L'*Aristostomias*, qui vit dans le noir à plus de 500 mètres de profondeur, émet, lui, une lumière rouge à grande longueur d'onde (708 nanomètres). Ces poissons possèdent bien sûr un type de pigment visuel sensible à ce rouge que ne voit pas l'œil humain.

Les poissons tiennent une grande place dans notre vie, et notre langue populaire, voire argotique, en est le précieux témoignage. Ne dit-on pas que quelqu'un est vif comme un gardon ou muet comme une carpe, qu'on va se faire couper les cheveux chez le merlan, qu'untel est un maquereau, que dans le métro on est tassés comme des sardines, que telle fille est plate comme une limande, que tel affreux a une gueule de raie et que son amie est une morue ? Mais là, arrêtons net et réhabilitons la morue qui fait tant pour l'intelligence de l'*Homo sapiens*. Car d'une certaine façon l'intelligence ça se mange aussi comme la séduction. Ainsi me disait ma grand-mère Charlotte quand j'étais petit. Elle me pinçait délicatement le nez pour me faire avaler la fatale cuillère d'huile de foie de morue qui me dégoutait tant en me disant : « C'est comme cela qu'on devient fort et intelligent. » Charlotte n'avait pas complètement tort. Les poissons des eaux froides accumulent des acides gras polyinsaturés à longue chaîne dans leurs lipides. Ils les puisent dans les microalgues ou dans les petits poissons amateurs de microalgues de ces mêmes eaux froides. Les plantes terrestres fabriquent des acides gras qui dépassent rarement 18 atomes de carbone dans leur chaîne alors que les microalgues des eaux froides comme les dinoflagellés et les diatomées dépassent les 22 à 24 atomes de carbone. De plus, les acides gras animaux sont saturés, c'est-à-dire pas oxydables, comme les hydrocarbures paraffiniques, et donc « figent » quand la température baisse, mais l'animal, lui, peut se mettre à l'abri du froid, pas la plante.

Ainsi, les plantes terrestres désaturent leurs acides gras en C_{18} qui deviennent oxydables. C'est le cas de l'acide oléique de l'olivier. Les microalgues des eaux froides désaturent leurs longues chaînes carbonées en plusieurs endroits (quatre à six doubles liaisons), fabriquant ainsi une sorte d'antigel naturel. Ce sont des acides gras insaturés qui, passant de l'algue aux petits poissons puis à la morue, sont dits essentiels à l'homme, comme l'acide arachidonique, l'EPA (acide eicosapentœnoïque) et le DHA (acide docosahexaénoïque). Notre seule source de DHA est alimentaire, passe par le poisson et vient des dinoflagellés et des diatomées des mers froides. On l'appelle aussi acide cervonique, ce qui en dit long sur sa destination. Nos connexions neuroniques sont faites avec du DHA.

C'est donc bien la morue qui rend intelligent. Cessons de l'accabler par des propos malveillants. Établissons plutôt un parallèle entre une tête de thon et une tête d'homme. On trouve chez les deux espèces une paire d'yeux avec de la rhodopsine (un rétinoïde) comme plaque sensible, connectée aux neurones riches en DHA. Et si l'on descend plus bas dans l'évolution, on trouve chez les dinoflagellés qui nagent en eau froide le stigma en rhodopsine qui sert d'énergie motrice communiquée aux flagelles par des membranes riches en DHA. C'est ainsi que cette belle association rhodopsine-DHA passe de l'huile de foie de morue à l'œil pour donner raison à ma grand-mère Charlotte.

On comprend du même coup combien est fragile notre intelligence puisqu'elle dépend, au moins en partie, d'un infiniment petit qui nage en eau froide. Et qu'adviendra-t-il si une marée noire vient à détruire ces dinoflagellés et ces diatomées ? Faut-il alerter les bébés ? Ils sont les premiers concernés car, s'ils ne sont pas nourris au sein par leur maman qui mange du poisson, ils sont carencés en DHA et leur développement neuronal est altéré. Ce qui oblige à « materniser » le lait de vache (la vache n'étant pas un grand consommateur de poisson) en y ajoutant du DHA extrait d'huile de poisson ou de culture de dinoflagellés. Les hommes doivent-ils leur incorrigible attrait pour les glandes mammaires à cette éternelle soif de DHA ? Cette séduction ne cache-t-elle pas la recherche de leur intelligence ?

Sortie de bain

La sortie des eaux pour conquérir la terre ferme impliquait la respiration et les poumons. Les mollusques gastéropodes avaient déjà connu cela. Notre escargot de Bourgogne respire avec des poumons rudimentaires. Les amphibiens, ces bien nommés, sortent de l'eau grâce à ces deux systèmes : branchies et poumons.

Tritons, salamandres, grenouilles et crapauds arborent des parures nuptiales en couleurs. Chez le triton à crête (*Triturus carnifex*), l'activité hormonale commande l'activité cérébrale et la parade de séduction, qui se déclenche en fonction de la longueur du jour et de la température favorables. Les amours des batraciens sont réglées par l'horloge biologique. Le triton mâle dresse sa crête, se met à la verticale la tête en bas sur ses pattes de devant et fouette la femelle avec sa queue argentée jusqu'à ce qu'elle se décide. Tout ici entre en jeu, la couleur, les odeurs hormonales, la gymnastique et la flagellation. Il faut qu'une femelle ait été bien battue pour qu'elle accepte le mâle. Avec les amphibiens, il faut quand même se méfier. Si la grenouille ne peut pas se faire aussi grosse que le bœuf, elle peut en tuer un. Des grenouilles sud-américaines ont des toxines puissantes comme la batrachotoxine, de même certains crapauds et salamandres. Ce sont des venins de défense : gare à qui s'y frotte.

Ces animaux ont un odorat bien développé et utilisent les molécules sémiochimiques ou phéromones pour leurs rencontres amoureuses. Chez les anoures comme la grenouille (*Rana pipiens*) ou le crapaud (*Bufo boreas*), l'odeur du grillon ou des vers de farine déclenche la projection de la langue gluante. Il est intéressant de noter que la rainette verte (de *rana* en latin) est étymologiquement cousine de la renoncule, qui vit comme elle dans les endroits humides.

La cour des amphibiens, sauf chez la salamandre qui est terrestre, est aquatique. Couleurs vives et phéromones entrent en jeu, associées, chez les batraciens, au chant. Le triton à bandes du Caucase séduit la femelle en la bourrant de coups de tête dans les flancs. Décidément, les tritons ne sont pas tendres. Chez le protée anguillard, on perçoit un peu plus de douceur. Le mâle s'enroule autour de la femelle. Le nom latin *Proteus* en dit long sur la mauvaise réputation des amphibiens dans l'imaginaire populaire, car Protée était un mauvais coucheur chez les Grecs. Quand on le dérangeait dans sa sieste, il devenait terrifiant, prenait des allures de dragon, de bête chimérique. D'où peut-être les mots « protéiforme » et « protéine ». C'est du moins ce qu'un professeur de biologie m'avait enseigné, mais le dictionnaire étymologique dit que « protéine » vient de *protos* qui veut dire « premier » en grec. Je préfère, pour ma part, l'hypothèse de Protée.

Certains crapauds mâles ont un service après-vente de leurs charmes très évolué. C'est le cas du crapaud accoucheur, qui porte les œufs de Madame en un chapelet accroché entre ses pattes arrière.

Quant à la salamandre, animal quasi sacré susceptible de traverser les flammes (ce qui est faux bien sûr), François Ier, ce grand séducteur, en fit son emblème. Lors de sa venue à Marseille, les Marseillais l'élurent « Grand Fouteur de France ».

Séduire en rampant

Les reptiles comme les amphibiens sont des animaux maudits qui effraient plus qu'ils ne séduisent. Ils ont pourtant, avec leurs belles couleurs et un nez à toute épreuve, du charme auprès de leurs femelles. Leur fait-on payer le succès qu'eut le serpent de l'Éden qui donna à Ève et à Adam le goût du fruit défendu ? Leurs prédécesseurs, les dinosaures, ont quand même régné sur la planète avec un gigantisme jamais égalé pendant une centaine de millions d'années, et sans cette météorite qui les extermina nous ne serions sans doute pas là. Il en reste quand même encore quelques-uns : lézards, tortues, serpents, crocodiles, iguanes, plus de 10 000 espèces. Ils sont suffisamment nombreux pour que le séducteur offre des sacs en croco, que les belles se mettent un boa autour du cou, pour faire parler les langues de vipère. On peut, grâce à eux, lézarder sur les plages ou, fainéant comme une couleuvre, ne rien faire du tout. Certains, même petits, sont terrifiants. Le lézard phrynocéphale barbu ou agame des sables se déguise en dragon pour faire fuir les prédateurs. Il se dresse sur ses pattes, la queue enroulée en l'air en ouvrant largement sa bouche agrandie par un déploiement de replis cutanés rouges.

Mais le phénomène, bien sûr, est le caméléon, que chacun connaît. Celui d'Europe, le méditerranéen, fait sa cour en acrobate dans les arbres au milieu de l'été. La femelle s'accroche aux branches et lui s'agrippe à elle par les quatre pattes. Il fait l'amour en trapèze volant. Tout le monde connaît son goût pour les déguisements. C'est sa façon de passer inaperçu dans un environnement changeant. Ce camouflage est sous contrôle neuronal et joue tout à la fois des couleurs qu'il mange et des leurres de ses écailles à géométrie variable.

Chez les tortues, quand on ne fait pas la course avec les lièvres, on se fait des signes de tête et des clins d'œil. On peut aussi se mordre, frapper la carapace pour demander le droit d'entrer, tout en émettant divers signaux chimiques. La femelle trachémyde de Virginie donne le feu vert au mâle en clignant de l'œil six fois à la minute. Ces mêmes signaux de tête servent de déclencheur pour les « arribadas », qui sont les sorties synchronisées de milliers de tortues. L'amour chez les tortues semble avoir été pastiché par le caricaturiste Dubout, tant le mâle est petit à côté de la femelle – de quoi faire rêver le Baudelaire de « La Géante ». Quand la femelle est comblée, elle mord les pattes du mâle, ce qui signifie : "Merci, ça suffit, maintenant, c'est fini."

Chez les reptiles, l'organe spécialisé dans la perception consciente ou inconsciente des phéromones sexuelles se nomme l'organe « voméronasal ». Il se distingue des récepteurs olfactifs et apparaît chez les amphibiens et les reptiles. Chez les crocodiles, on ne fait pas que verser des larmes, on se renifle aussi beaucoup le derrière, car c'est là que sont situées les glandes émettrices des signaux libertins. Les serpents usent des phéromones de piste, comme font limaces et escargots, tous les rampants, imitant en cela fourmis et termites. Ainsi, le mâle sent-il la femelle à la trace. Traces qui conduiront les vipères à s'agglutiner en nœuds. Il faut croire que les serpents, quand ils ne sifflent pas sur nos têtes, sont des amants discrets et cachent bien leurs parades nuptiales et leurs amours, car les herpétologues sont peu disserts sur le sujet.

Déclarer sa flamme en rose

La conquête du ciel par les oiseaux, successeurs des reptiles volants, est un événement haut en couleur. Les mâles de la gent aviaire sont souvent colorés. Quand ils ne le sont pas, ils séduisent par le chant. Ce sont des surdoués de la vision et de bons musiciens. Ils sont moins nombreux à être sensibles aux odeurs. Le pétrel des neiges, les vautours, les canards, les pigeons et les étourneaux ont un sens olfactif assez développé. Chez le pigeon voyageur, les odeurs jouent un rôle dans ses facultés de repérage.

Les plumes chatoyantes du paon, du faisan, du coq sont autant de panoplies de séducteurs qui courtisent les femelles en exhibant vraies et fausses couleurs, en association avec un chant conquérant qui frise souvent le ridicule : du "léon" du paon au "cocorico" du coq… Cocorico qui, déformé par la langue populaire devient le coquelicot, aussi rouge que la crête de Chantecler, le coq amoureux. Dans le genre ridicule, le dindon n'est pas mal non plus, avec ses vives couleurs et son gloussement irrésistible pour les dindes. Toutes les volailles du sexe féminin, plus ternes, concentrent leurs caroténoïdes dans leurs œufs, qui sont colorés en jaune, orange, voire presque rouge. L'embryon y sera bien protégé puisque ces caroténoïdes sont de puissants destructeurs d'oxygène singulet (l'un des radicaux libres, sorte d'oxygène instable). La femelle a l'œil sur le mâle le plus coloré avec un bon système immunitaire pour protéger sa descendance. Elle choisit le fin gourmet, celui qui sait la richesse et l'intérêt de la couleur, faisant de la gastronomie une pression de sélection. Une façon de lui dire : "Tu es ce que tu manges." Les peuplades tatares de l'Europe de l'Est, autrefois, allaient jusqu'à manger un livre pour en acquérir la connaissance. On dit bien de nos jours, quand on est un lecteur assidu, "dévorer un livre".

Le coq gaulois, celui qu'on perche sur le clocher des églises pour qu'il indique le lever du soleil, n'est autre qu'un vieux mythe solaire. C'est dire la place des oiseaux dans nos mythologies. Tout comme celle du Phœnix déguisé en flamant rose qui séduit, grâce au bêtacarotène puisé dans les *Dunaliella* roses des salines roses. Ce rose suscita une belle controverse entre Theodore Roosevelt (au nom prédestiné) et le peintre Abbott H. Thayer. Le peintre prétendait que le flamant était rose pour se camoufler au coucher du soleil et le président des États-Unis, ornithologue à ses heures, trouvait cette explication ridicule et restrictive. Comme quoi le « rose » a souvent été une préoccupation des Républicains. Rappelons qu'en France, à peu de temps d'intervalle sous la Ve République, deux candidats à la présidence se sont revendiqués de la famille des rosacées : l'un avec une rose (*Rosa canina*), l'autre avec une pomme (*Malus pumila*). Les plantes étant muettes, même les plus volubiles n'ont pas eu leur mot à dire, ni sur les épines ni sur les pépins.

Les oiseaux, quand ils ne sont pas des maîtres chanteurs (environ 50 % des espèces), ont un éventail de couleurs étendu : des couleurs d'origine alimentaire comme les caroténoïdes et de fausses couleurs obtenues par l'interférence et la diffusion de la lumière dans leurs plumes. Ces dernières sont variables rapidement et mises en œuvre dans les parades séductives ou dans le camouflage vis-à-vis des prédateurs. Certains sont dotés d'une vision élargie avec cinq cônes de couleur dont un cône sensible à l'ultraviolet. Ils ont donc une sensibilité plus large et une perception différente de la nôtre à l'exception des espèces archaïques comme les émeus et les rapaces nocturnes, qui voient en noir et blanc. La vision des couleurs dépend, en effet, du nombre de pigments visuels existant dans la rétine et de la gamme du rayonnement électromagnétique qu'ils permettent de détecter. Nous en possédons seulement trois et décelons les couleurs de l'arc-en-ciel (issu des trois couleurs primaires : rouge, bleu, vert), mais pour la perruche nous sommes daltoniens. Quant aux mâles *Homo*, ils sont génétiquement moins doués que les femmes pour la couleur. En effet, les gènes des pigments verts et rouges sont sur le chromosome X. Les dames, avec leurs deux chromosomes X sont donc mieux parées que les messieurs, qui n'ont qu'un seul X. Ainsi, le daltonisme sévit-il préférentiellement chez les hommes. Est-ce pour cette raison que les académiciens portent l'habit vert et les cardinaux l'habit rouge ? Veulent-ils séduire les femmes ? On est en droit de penser, d'après des études récentes de chercheurs de Cambridge, qu'une vision tétrachromique existerait chez la femme, la mettant à l'avant-garde de l'évolution des primates, quant à la vision en couleurs.

Les couleurs les plus vives (caroténoïdes) sont en général pour les oiseaux un avantage. Elles indiquent à la femelle que le mâle est bien nourri, riche en antioxydants, donc en bonne santé. Chez les mésanges bleues par exemple, les femelles produisent plus de fils que de filles quand elles s'accouplent avec un mâle riche en ultraviolets. La parure nuptiale va bien plus loin que la séduction puisqu'elle induit la santé de la descendance et influe sur le sexe des enfants.

Les parades colorées des flamants, des coqs, des dindons, des paons et des faisans, sont certes surprenantes, mais les oiseaux sont allés encore plus loin dans la séduction. En Australie et en Nouvelle-Guinée, des oiseaux mâles de la famille des ptilonorhynchidées comme les chlamyderas, aménagent et construisent, avec des sophistications architecturales invraisemblables, des espaces pour les parades qui sont de véritables berceaux ouverts tressés avec beaucoup d'ingéniosité. L'oiseau mâle y attire la femelle pour effectuer sa parade avec souvent une fleur ou un objet décoratif dans son bec. Pendant ce temps-là, à distance respectueuse, les voyeurs, jeunes mâles et mâles non dominants, font leur apprentissage en regardant comment s'y prend le Roméo. Véritable école de la séduction, ici, c'est bien d'une culture dont il est question. Tous les oiseaux ne sont pas aussi courageux ou inventifs. Le *Cuculus canorus* (le coucou) vient déposer ses œufs dans les nids d'autres espèces et le premier travail du poussin sitôt éclos est de culbuter à l'extérieur du nid les œufs légitimes. Il prend ainsi souvent la place de la bergeronnette grise, de la rousserole turdoïde, du pipit farlouse ou de l'accenteur mouchet.

Il existe aussi de véritables foires aux mâles. Ce type de parade amoureuse est commun à certains insectes, poissons et mammifères. On le trouve chez les paradisiers, les chevaliers, les tisserins, mais c'est chez la gélinotte des armoises qu'il est le plus spectaculaire. Au milieu des armoises, dans les montagnes Rocheuses, sur des arènes dégagées, une cinquantaine de coqs viennent parader en quête de femelles. Ils déploient, comme le paon, une sorte d'éventail en plumes et plastronnent en gonflant leur sac œsophagien. Les femelles viennent là comme on va au spectacle et choisissent celui qui a la plus belle parade. Seules les vedettes pourront s'accoupler avec plusieurs femelles, leurs groupies. Les autres auront fait un numéro pour rien. On n'est pas très loin du show-biz ou des danseurs mondains du début du XXe siècle.

De là à en conclure, comme le faisait le génial caricaturiste Chaval, que « les oiseaux sont des cons », thème majeur de son œuvre graphique et cinématographique, il n'y a qu'un pas. Mais lui pensait plutôt, en affichant cette devise, à l'*Homo sapiens*, un bien drôle d'oiseau.

Séduire à quatre pattes

Quand on est un mammifère et qu'on veut faire sa cour à quatre pattes, il n'est pas nécessaire de voir en couleurs. Le chien voit en noir et blanc et s'il distingue le jaune du bleu, c'est parce qu'il fait la différence entre le clair et le foncé. Pourtant, l'abeille voit en couleurs. Oui, mais... pas le rouge. Par contre, elle voit l'ultraviolet. Le chat, le rat et la souris, animaux nocturnes, voient en noir et blanc, de même que le cheval, le mouton ou même le taureau, qui ne voit pas le rouge mais s'irrite du mouvement de la cape du torero. Pas mal de singes voient la couleur, mais certains comme le ouistiti à toupet blanc sont daltoniens. Par contre, l'orang-outang voit la couleur aussi bien que l'*Homo sapiens*. Pour autant, le mâle ne séduit pas par la couleur, bien que le rouge des parties sexuelles de la guenon à l'époque du rut l'attire irrésistiblement. Il est l'un des rares mammifères à pratiquer l'humour, technique efficace pour les femelles qu'il sait faire rire en faisant le singe. Les travaux de Robert Provine et d'Helen Weems, à l'université de Baltimore, établissent que chimpanzés, gorilles et orang-outangs connaissent le rire.

Par ailleurs, chez les singes, il semble que le mâle ne détienne pas la prérogative de la séduction, ce qui, chez les mammifères, est une rupture. Les femelles s'en mêlent aussi. Christiane Mignault, professeur d'anthropologie à Longueil près de Montréal, montre qu'elles peuvent être homosexuelles ou lascives et n'attendent pas le désir des mâles. Elle établit également que les accouplements ne servent pas qu'à procréer. Voilà de quoi fâcher la papauté. Les macaques s'accouplent fréquemment en dehors des périodes de réceptivité des femelles. Les bonobos, quant à eux, font de leur sexualité un véritable jeu de société où tout est possible en tout lieu et en toute heure. Mais ce ne sont pas des sauvages, ces orgies sont précédées par des invitations de la part des femelles ou des mâles. La séduction n'est pas étrangère à leurs jeux. On passe facilement de l'épouillage à la masturbation réciproque, voire à la fellation du ou de la partenaire, jeune ou vieux. Le bonobo semble le plus proche de l'*Homo sapiens*. Souvenons-nous que la fellation fut une pratique courante au Moyen Âge et à la Renaissance. En particulier, les nourrices calmaient les bébés de cette façon. On dit que Louis XIII en aurait profité si longtemps que l'Histoire en a gardé le souvenir.

Chez les mammifères, faute de couleur, on va se mettre au parfum et jouer à fond des phéromones. La messagerie passe souvent par l'urine, du rongeur à l'éléphant. Le garenne mâle, après avoir tapé du pied, envoie un petit jet d'urine à la femelle pour lui signaler son désir. L'éléphante signale au mâle qu'elle est prête par le même stratagème. Elle émet un acétate linéaire insaturé (le cis-7-dodécénil-acétate) que l'on retrouve aussi chez les lépidoptères – bien qu'on ait rarement vu un papillon mâle courtiser une éléphante.

Ces phéromones sont utilisées chez les mammifères pour le marquage territorial, message urinaire s'adressant aussi bien aux mâles : "Attention, ici c'est chez moi !" qu'aux femelles : "Viens chez moi, je suis là !" La marmotte (cousine de l'Homo sapionce) marque ainsi son terrier. Le cerf frotte du haut de ses cornes les branches basses, marquant son territoire par une sécrétion voisine des larmes. Le gnou mâle délimite son terrain avec les phéromones de ses déjections dans lesquelles les femelles consentantes viennent se rouler. Lui garde la tête haute et piétine sur place en les observant. Le chat, entre l'œil et l'oreille, a des glandes à phéromones qui marquent son environnement (objets et personnes) et déclenchent son rut. Il émet de la cis-trans-népétolactone qu'on retrouve dans l'herbe à chat (*Nepeta catania*). Mâles et femelles sont attirés aussi par l'acide valérianique de la valériane, où ils aiment uriner alors que le chien fuit cette plante.

La séduction chez les mammifères ne conduit pas nécessairement à la reproduction, mais peut être parfois considérée comme une recherche de plaisir. Les mammifères connaissent l'onanisme, la fellation et la sodomie, et pas seulement les primates. Les chats, chiens, porcs, porcs-épics utilisent les aspérités du sol pour stimuler leur sexe, tout comme d'ailleurs les grenouilles, les tortues et les crocodiles. La sodomie est une pratique courante chez les animaux domestiques, chats, chiens, taureaux, porcs et même chez l'éléphant. L'éléphante peut même, dans ses bons jours, séduire le mâle en rut en lui caressant le pénis avec sa trompe, ce qui ne dure pas très longtemps, car l'éléphant atteint l'extase en une seconde, mais reste bien visible, son pénis mesure un mètre et demi. Cette longueur n'est en rien un record puisque la grande baleine en a un de trois mètres de long alors que celui du gorille ne mesure que cinq centimètres – pas de quoi chanter « Gare au gorille ».

Quant à la recherche du plaisir, si plaisir il y a chez les mammifères non primates, est-elle compatible avec des durées de coït souvent inférieures à la minute (éléphant, chat, taureau)? Est-elle réservée à ceux qui pratiquent entre une demi-heure et une heure comme le kangourou, l'ours, le rhinocéros ou encore aux courageux comme le vison où cela peut durer sept heures, aussi longtemps que chez la grenouille qui peut jouer les prolongations jusqu'à la journée?

III

*La prochaine fois
je vous le chanterai*

Musique s'il vous plaît !

Séduire n'est pas gratuit et demande de l'énergie. C'est émettre un signal en direction de l'autre. Le signal peut être chimique (odeur, couleur), tactile, acoustique, gestuel (chorégraphique, graphique). La séduction est donc une opération entre un émetteur et un récepteur. La réception passe par les cinq sens : l'odorat et le goût, la vue et le toucher, l'ouïe, plus ou moins développés au cours de l'évolution des êtres vivants. Le signal peut être complexe et mettre en œuvre tout à la fois odeur, couleur, chant et danse… Cela n'est pas rare chez les insectes et les oiseaux. Quel que soit le signal de séduction, la plupart du temps émis par un mâle, il doit être reçu et compris par la femelle, qui décide d'y répondre positivement ou négativement. Consentir nécessite un signal qui lui aussi demande de l'énergie, même s'il est, en général, beaucoup plus faible. La séduction est, le plus souvent, intraspécifique. On peut y inclure des pratiques extraspécifiques destinées à attirer des proies. On peut l'élargir à des relations de communication dites allélopathiques entre deux règnes différents, par exemple, entre plantes et animaux (cas des orchidées attirant des insectes pour être fécondées).

Au cours de l'évolution, au sens darwinien du terme, les pratiques séductives sont devenues de plus en plus complexes et spécifiques. L'*Homo sapiens* y fait entrer la gastronomie, la mode, la publicité, la politique, les arts plastiques, littéraires et musicaux, la cosmétologie et la parfumerie, l'art floral et l'art des jardins, bien d'autres disciplines encore, et en fait l'érotisme. Mais toutes ces pratiques ne naissent pas brutalement avec l'apparition de l'homme, toutes sont déjà mises en application partielle par les végétaux et les animaux. La séduction est biologique, avec ses émetteurs, ses récepteurs, et évolue avec la vie. Elle est le produit de notre histoire naturelle et de l'histoire culturelle de l'homme. Quand nous séduisons, comment distinguer notre animalité de notre culture ? Où commence la culture ? Où finit l'animalité ? Après tout, pourquoi les opposer l'une à l'autre ? Si la culture est l'art d'inventer, de créer des stratégies et de les transmettre à notre descendance, ne commence-t-elle pas avec les insectes, les poissons, les oiseaux et tous les animaux ? Si l'animalité est le fait d'assumer notre biologie, de se mouvoir, de manger, de s'émouvoir, de dormir, de respirer, de reproduire l'espèce et de mourir, pourquoi la séduction n'en serait-elle pas l'un des éléments clés, une sorte de fil conducteur de l'espèce ?

Séduire ne vient-il pas du latin *dux*, *ducis*, qui veut dire « chef » et a donné le « duc », *ducere*, c'est-à-dire « conduire ». Pourtant, étymologiquement, *seducere* signifie « conduire à l'écart, détourner ». L'évolution n'étant pas une autoroute à voie unique, cela nous a permis bien des détours, même si tous les chemins mènent à l'homme.

Quelle différence entre le flamant qui déclare sa flamme en rose à la femelle et l'amoureux transi qui offre un bouquet de fleurs (une gerbe de sexes en rut) à la dame qu'il convoite ? Quelle différence entre le sac en crocodile qu'on offre en cadeau et la mouche enveloppée dans de la soie offerte à l'araignée par Monsieur ? Quelle différence entre la danse de l'aigrette pour séduire la femelle et celle de la dame des Folies-Bergère avec ses plumes d'aigrette pour séduire les banquiers ?

La nature fait souvent de jolis pieds de nez à la culture. Quelle différence entre l'oiseau-jardinier de Nouvelle-Guinée qui construit une cabane puis la peint en bleu pour y attirer la femelle et le paysagiste amoureux qui fait un jardin pour l'élue de son cœur ? Quelle différence entre le paon qui déploie son éventail de couleurs en criant « léon, léon » et Léon qui fait le paon en dansant le flamenco pour plaire à sa Gitane dans une sierra du León ?

Avec la séduction, il y a du travail pour tout le monde. Son étude appartient autant au psychologue, au biologiste, au neurophysiologiste, au sociologue qu'au linguiste, voire au physicien et au chimiste. Séduire, du rotifère à l'homme d'affaires, n'est pas une mince affaire.

Tous ces signaux de séduction qui s'entrecroisent

font une drôle de cacophonie. Entre le chant strident de la cigale en pleine lumière, l'assourdissant coassement des grenouilles quand la nuit tombe, puis le chant du grillon dans le noir, que la nature est bruyante et peu discrète, toujours en rut! Dans ce brouhaha, ce bruit de fond interminable, chacun se comprend quand même. La cigale n'a rien à dire à la fourmi, mais la fourmi a à dire au puceron qu'elle élève pour le traire de la sève végétale qu'il absorbe. La coccinelle n'a rien à dire à la fourmi, mais elle a à dire au puceron qui est son bifteck. L'oiseau dirait bien quelque chose à la coccinelle, mais avec son rouge elle met les points sur les « i » : "Attention, je suis amère, pas bonne à manger", ce qui n'est pas, en ce cas une publicité mensongère, parole d'oiseau.

Et nous, nous admirons tout cela béatement, ou alors, le pulvérisateur à la main, nous exterminons tout ce monde-là pour protéger la rose que nous offrirons à la belle. Vous lui offrez « Jardin de Bagatelle », son parfum préféré, alors que le petit étourneau mâle du quartier vient déposer des herbes aromatiques pour attirer son étournelle dans son nid en lui chantant une ritournelle. Voyant que cela ne suffit pas, vous lui faites un numéro de claquettes vous transformant en « podophone » comme font pas mal de rongeurs qui tapent du pied, tambourinent à un rythme élevé sur le sol avec leurs pattes arrière, et vous voilà maintenant « chaud lapin ». Qu'y a-t-il de vraiment humain dans tout cela ? Les mousquetaires séduisaient à la pointe de l'épée, à une époque où les dames aimaient les valeureux guerriers, mais le *Xyphophorus*, un poisson-épée d'aquarium, fait de même et depuis bien plus longtemps.

Quand les mâles n'ont pas de belles couleurs vives ou que leur flair est un peu défaillant, ils peuvent toujours chanter. La cigale aura chanté tout l'été pendant que la fourmi, cette usine à phéromones s'activera au travail. Car bien sûr le raffut estival pendant les siestes sous les oliviers est celui du chant sexuel des cigales mâles. La cigale australienne *Cyclochila australasiæ* est un véritable fléau sonore, son cri est aussi strident qu'une alarme. C'est avec une taille de seulement six centimètres que ces arthropodes font un tel vacarme. La cigale collée aux arbres suce leur sève comme font les pucerons et les cicadelles. Une cigale peut faire du boucan un bon bout de temps : l'américaine vit jusqu'à quinze ans, ce qui est un record chez les insectes. Le mâle a une paire de tambours (pour rimer avec amour) de chaque côté de l'abdomen. Ces tambours ont quatre nervures sur les deux faces reliées par une membrane tenue par un muscle puissant. Ce muscle, en se contractant cent vingt fois à la seconde, produit le chant. Une musique de 158 décibels dans l'abdomen de la cigale, de quoi briser les ouïes de Madame qui succombe au charmeur. Musique est le terme qui convient, cymbalisation est encore mieux, car, pardon, La Fontaine, mais la cigale ne chante pas. La production d'un chant suppose la vibration de cordes vocales par l'expulsion d'air, ce qui est le cas chez les amphibiens, les oiseaux et les mammifères, mais pas chez les insectes. Les insectes seraient plutôt des percussionnistes. Certains papillons d'Amérique du Sud frappent entre eux de petits bourrelets de leurs ailes, à la manière des castagnettes. D'autres insectes vivant près des ruisseaux tambourinent la surface des plantes avec leur abdomen. Les moustiques font vibrer leurs ailes. Les grillons stridulent par frottement de leurs ailes l'une contre l'autre. Ce qui caractérise la musique cigalienne, c'est le chœur. Chez une cigale d'Amérique du Nord, il arrive que plus de trois millions d'individus se groupent sur un hectare pour un chorus d'enfer. Le sexe est la raison de ce concert. Les mâles indiquent ainsi qu'ils sont bien là, en attente de la femelle, qui, elle, n'est pas équipée pour produire de la musique. Il est difficile de localiser le bruit de la cigale, pour un homme du moins, car la femelle, elle, s'en tire très bien. Pour elle, c'est celui qui a commencé le premier qui a raison. Tant pis pour le reste de l'orchestre. Elle s'approchera progressivement de l'heureux élu qui transforme son chant d'appel en un chant de cour plus bref, plus haché, ce qui aide encore la femelle à le localiser pour le dénouement. L'insecte est difficile à repérer car c'est un chœur, donc un groupe. Chez la cigale méditerranéenne (la cigale de l'orme), cinq à six mâles entonnent l'hymne à l'amour, deux à trois secondes, après que l'un d'eux a commencé. La synchronisation de leur chant constitue un vrai brouillage acoustique. Ce qui fait dire à Jean-Claude Risset que c'est un bruit presque blanc, contenant sans doute des renforcements spectraux en « peigne ». En d'autres termes, une musique difficile à démêler.

Le chant de la drosophile, la mouche du vinaigre, est

beaucoup plus discret. Il provient du frottement des ailes. Ce chant d'amour imperceptible à l'homme est associé à un vol nuptial, véritable chorégraphie aérienne. *Drosophila melanogaster* est un mélomane palpeur et lécheur qui ne néglige aucune forme de séduction avant la copulation.

Entre ces deux extrêmes, bien d'autres insectes chanteurs pourront s'exprimer. Comme le noir grillon dont le chant peut être confondu par une oreille humaine avec celui de la cisticole à dos noir, un petit oiseau. Ce grillon peut aussi chanter en même temps que la grenouille coasse. Comment les femelles s'y retrouvent-elles, au sein de cette cacophonie ? Le coassement de la rainette de Floride se compare bien au cri du canard colvert, et pourtant le canard n'épouse pas la grenouille. Heureusement, les signaux musicaux des oiseaux tranchent sur les signaux des insectes et des batraciens, et un univers sonore de forte intensité (100 décibels) se superpose sans interférences à une faible intensité (40 décibels). Ces chants restent donc spécifiques et audibles pour la femelle concernée. Voilà pourquoi le gai pinçon n'épouse pas une petite courtilière et le grand serin une rainette, ni la cigale une cigogne.

La communication acoustique semble réservée aux arthropodes (nos vieilles et grinçantes articulations en témoignent) et aux vertébrés, sauf quand ils sont muets comme des carpes, bien que chez les poissons les muscles latéraux, la vessie natatoire et les écailles de la ligne latérale produisent frottements et percussions dont le rythme est perceptible spécifiquement.

Le chant de certains oiseaux est complexe, le troglodyte, par son chant, indique d'où il vient, qui il est, dit ce qu'il fait et où il est exactement, ajoutant pour la femelle qui l'écoute qu'il est célibataire. Tous ces oiseaux chanteurs apprennent leur chant auprès de papa ou d'un oncle. Il s'agit donc bien d'une musique à racines culturelles, avec des particularismes régionaux et des dialectes à l'intérieur de la même espèce. Les femelles, sauf exception, ne chantent pas. Elles crient. Elles crient leur faim, leur soif, leur malaise, leur peur. Quand elles se taisent, elles écoutent le chant du mâle et ne sont pas nécessairement séduites par la qualité mélodique, mais surtout par la quantité, la robustesse du son, la fréquence de répétition des motifs. Cela en dit long sur la cage thoracique du futur papa, sa bonne santé et l'absence de parasites dans son système respiratoire. Chez le diamant mandarin, la femelle ne chante jamais, par contre, chez les étourneaux ou chez les canaris, les femelles chantent occasionnellement. Mais on peut les faire chanter en leur injectant de la testostérone. Moins de la moitié des 8 500 espèces d'oiseaux chante, l'autre moitié se pare de couleurs et crie. Chez le diamant mandarin ou chez le bengali, le chant n'est plus qu'un chant d'amour. L'organe du chant des oiseaux se nomme la syrinx, c'est l'équivalent du larynx humain. Debussy l'a rendu célèbre en lui dédiant une œuvre. Syrinx était une nymphe compagne d'Artémis courtisée par Pan. À son apparition, elle panique et se jette à l'eau. Zeus la change en roseau. C'est avec ces roseaux que Pan fabrique sa flûte appelée « syrinx », dans l'*Après-midi d'un faune*.

Les imitateurs existent aussi chez les oiseaux. En Amérique du Nord, les oiseaux moqueurs polyglottes (*Mimus polyglottos*) émettent les chants d'amour du carouge à épaulettes. Mais la femelle avisée fait très bien la différence. De même, Madame Pinson distinguera le chant d'un mâle originaire de sa région de celui d'un mâle venant d'ailleurs. Elle le reconnaît à son accent. Dans tous les cas, le mâle doit apprendre à chanter. Si on l'isole et qu'on le coupe de ses congénères, il est incapable de chanter, donc de se reproduire. Si l'*Homo sapiens* devait apprendre la musique pour avoir accès aux femmes, les conservatoires seraient bondés et insuffisants.

Il existe maintenant des zoomusicologues qui se penchent sur le côté esthétique du chant des oiseaux, approche fondée sur la gratuité sonore. François Bernard Mache, dans *Musique*, dit qu'un long chant d'oiseau, loin d'être un pot-pourri aléatoire de motifs mis bout à bout, peut avoir une forme à la manière d'une œuvre musicale. Il ajoute que l'oiseau est souvent plus comparable aux rigoureux improvisateurs de la musique classique indienne, par exemple, qu'aux interprètes de partitions immuables selon notre tradition. Il existe un style « alouette » global avec des accents particuliers selon la région. De même, la pie grièche à poitrine rose intègre dans son chant aigu des imitations de coq ou de corbeau en les transposant fidèlement vers l'aigu. Et les musicologues d'ajouter que les chants d'automne des oiseaux, souvent plus musicaux que les proclamations printanières, ne répondent à aucun impératif biologique direct. Voilà pourquoi se développe peu à peu l'idée d'une certaine gratuité sonore du chant des oiseaux. Si les oiseaux mâles séduisent leur femelle par leur chant, ils séduisent aussi les hommes. Olivier Messiaen a passé sa vie à enregistrer des chants d'oiseaux et à s'en servir dans ses œuvres musicales, la plus aboutie étant *Le Réveil des oiseaux* (1953).

Il y a, dans le cerveau de l'oiseau chanteur, des noyaux neuronaux réunis en réseaux complexes qui commandent la production et la perception du chant. Pour que l'oiseau chante, il faut qu'il s'entende bien chanter. Un rossignol sourd ne pourra pas chanter, ou alors son chant sera atypique.

Michel Kreutzer montre que chez les osines (oiseaux chanteurs), et en particulier chez les canaris, les femelles préfèrent les chants difficiles à produire, en accord avec Darwin qui avait estimé que les choix esthétiques prévalaient souvent lors de la sélection sexuelle.

Aucun des chants d'oiseaux ne peut rivaliser avec la puissance du chant des baleines à bosse, audibles à des dizaines de kilomètres de distance. Ce chant est constitué de sons divers : cliquetis, gémissements, grognements et gazouillements. Ce sont des sons de basse fréquence qui se propagent bien dans l'eau et servent à l'écholocalisation à longue distance (détection des grands obstacles) et à la communication spécifique. Le chant de séduction des mâles s'entend en hiver dans les zones tropicales de reproduction. Il a trois à neuf thèmes qui se succèdent dans un ordre particulier. Chaque thème est un assemblage de phrases faites de séries de sons. Une phrase dure une quinzaine de secondes et la longueur totale du chant atteint le quart d'heure. La baleine en quête de l'âme sœur peut chanter des heures entières. Le mâle chante la tête en bas, la queue en l'air, repliée au-dessus de la surface de l'eau, en faisant le poirier. On l'appelle le Caruso des mers, bien qu'on n'ait jamais vu chanter Caruso dans cette position. La baleine à bosse habite tous les océans et s'exprime dans des dialectes différents, la québécoise n'a pas le même accent que l'argentine ou la bretonne.

Ulysse, lors de son voyage, a-t-il entendu le chant des baleines à bosse ou le lamento des lamantins, ces autres mammifères aquatiques ? Qui étaient ces fameuses Sirènes ? Des créatures ailées à tête humaine pour les Grecs, des monstres à tête de femme et à queue de dauphin, ennemis des navigateurs dans les légendes celtes ?

Les mammifères aquatiques ne sont pas les seuls à chanter. Un rongeur comme l'*Onycromys* d'Amérique du Nord chante pendant des heures à la recherche d'une partenaire. Des dizaines d'autres espèces de rongeurs font de même.

De la cigale à la baleine, en passant par les rongeurs et les oiseaux, le chant d'amour n'est pas rare, précédant en cela l'amour courtois.

Le chant de la grenouille « croa... croa... », que l'on peut entendre « crois... crois... », fut le point de départ d'une œuvre littéraire étrange, celle de Jean-Pierre Brisset, *Grammaire logique de Dieu* publiée en 1883 et *Les Origines humaines* parues en 1913. Bien que l'auteur, chef de gare, ne se soit jamais départi de son sérieux, c'est l'*Anthologie de l'humour noir* d'André Breton qui le fit connaître. L'analyse des mots permet à Brisset d'établir que l'homme descend de la grenouille. Cette dislocation poétique de la langue assez savoureuse place son œuvre dans la lignée pataphysique d'Alfred Jarry. Accomplissant son service militaire, Brisset démontre aussi que c'est la grenouille qui a appris à nager aux hommes. Il dépose un brevet sur une méthode d'apprentissage de la brasse à partir des mouvements effectués par les grenouilles, encore utilisée aujourd'hui.

Ce grand écart littéraire fait penser à un autre chant : celui de *Cantatrix sopranica L.* qui correspond à la démonstration expérimentale d'une organisation tomatotopique chez la cantatrice. Cet article est signé Georges Perec, du « Laboratoire de physiologie, Faculté de médecine Saint-Antoine, Paris, France » où il était documentaliste. Il semble indispensable d'en donner le résumé issu d'une traduction anonyme de l'anglais : « L'auteur étude les fois que le lancement de la tomate il provoquit la *réaction yellante* chez la chantatrice et démonstre que divers plusieures aires de la cervelle elles était implicatées dans le response, en particular, le trajet légumier, les nuclei thalameux et le fiçure musicien de l'hémisphère nord. »

On pourrait enfin évoquer la chanterelle ou *cantarella*

(encore appelée « girolle »), qui par son caroténoïde orange (la cantaxanthine) fait chanter la saucisse de Strasbourg qui lui doit sa couleur, séduisant convives et convifs.

Eh bien, dansez maintenant !

Voici une autre façon de séduire qui vient de la nuit des temps : des papouilles aquatiques des chlamydomonas qui tourbillonnent enlacés pour que fusionnent leurs noyaux, au ballet naval de la crevette exhibant son carotène, jusqu'à la très spectaculaire danse nuptiale des vers annélides polychètes dépendant du calendrier lunaire (quand ils sont bien lunés) qui aboutit à la libération conjointe des gamètes et à la mort des géniteurs. Les ballets des méduses et des céphalopodes constituent des chorégraphies aquatiques qui n'ont rien à envier aux ballets aériens des éphémères et des libellules unis dans leur vol nuptial. Figures d'autant plus touchantes que leur vie est courte. La flagellation du triton à crête s'apparente plus à la danse contemporaine et ne manque pas de sel, surtout lorsqu'elle se passe sous un hêtre, *fagus* en latin, origine étymologique des mots « fouet », « fou » et « folie ». "Hêtre ou ne pas hêtre", pas de quoi fouetter un chat répond Dame Triton, abasourdie par les coups de queue qu'elle a pris sur la tête avant de consentir à l'union.

La grue du Japon, véritable cabri blanc à tête noire, les ailes bordées de noir, saute autour de la femelle, ailes écartées. L'aigrette a aussi une très gracieuse danse pour séduire, est-ce pour cela que ses plumes finiront sur le chapeau des belles du début du XXe siècle ?

La danse ressemble parfois à du théâtre japonais, avec des postures longtemps tenues comme celle du crabe violoniste ou encore celle de la langouste. Posture de parade que l'on peut déclencher avec l'injection de sérotonine chez le mâle, posture amoureuse déclenchée avec de l'octopamine chez la femelle. N'oublions pas que le désir est sous contrôle hormonal et que, s'il y a désir, les hormones du plaisir commencent à affluer, même chez les crustacés.

Certaines approches sont d'un érotisme évident, ainsi l'impressionnante parade des limaces hermaphrodites qui se caressent longuement, se contournent et produisent une grosse quantité de mucus visqueux qui prendra la forme d'un long fil torsadé auquel les deux amants se suspendront. Élégant ballet aérien qui leur permet d'évaginer leur sac pénis et d'échanger leur sperme.

Il ne faudrait pas croire que les parades de séduction s'effectuent à tort et à travers. Les individus trop jeunes ou trop vieux n'y sont pas conviés. Même chez les espèces hermaphrodites, il y a choix du partenaire et parade de séduction. Chez les escargots et les limaces, l'un prendra les rênes, agissant en mâle pour amener son partenaire au paroxysme. Là aussi, pour être un partenaire, il faut avoir atteint la maturité sexuelle, qui varie beaucoup d'une espèce à l'autre. Le lemming est fécond à l'âge de trois semaines. L'oiseau au bout d'un an, le bison mâle à quatre ans, la femelle à deux ans, le gorille à cinq ans, la femelle à huit ans et l'hippopotame, ce séducteur aquatique, à huit ans. Et bien sûr, n'entrent dans la danse que ceux de la même espèce.

Si le zèbre dans son pyjama à rayures gambade, la lèvre supérieure retroussée, c'est qu'il danse la gigue pour une femelle réceptive. Cette mimique est peut-être un sourire séducteur. Elle est d'autant plus évidente qu'en même temps apparaît un long membre qui fait penser à une cinquième patte. Il en est de même pour les chevaux et pour les ânes. Si la femelle n'est pas convaincue, elle détale au galop. Si elle est intéressée, elle attend l'étalon. Avec le hérisson, la danse ressemble plutôt à une course poursuite bruyante, les partenaires soufflent fort et la femelle fait face au mâle. Puis elle plaque ses piquants, les rabattant le plus possible pour ne pas blesser son partenaire, lorsqu'elle est consentante.

Avec le paon, nous entrons dans l'univers des Folies-Bergère, mais sachez quand même que durant sa danse le mâle exhibe ses vives couleurs aux autres mâles pour les inciter à s'éloigner, alors qu'il présente son croupion avec insistance à la femelle, qu'il séduit en agitant sa croupe. Le plus doué pour cette danse est sans doute l'oiseau-lyre d'Australie. Il fait une danse nuptiale saccadée sur une aire de parade qu'il a préalablement aménagée, accompagnée de chants. Il trépigne en déployant ses plumes qui le cachent complètement. Le fou à pieds bleus des Galapagos pratique le pas de deux avec la femelle. C'est surtout chez le fou qu'est bien visible la peur initiale. Peur de l'autre, peur du sexe opposé. Si la femelle n'est pas réceptive, apeurée, elle va fuir, et si le mâle devient trop entreprenant, elle se défendra vaillamment. La séduction est indispensable; le rituel des danses et parades réduit l'agressivité engendrée par la peur de l'autre et prépare l'accouplement des différences. Il n'est pas rare que les femelles se mettent à danser avec les mâles (grèbes, albatros, fous de Bassan), c'est peut-être un moyen de synchroniser leur excitation sexuelle.

C'est surtout avec la danse qu'apparaît la nécessité d'inhiber l'agressivité naturelle des partenaires et de synchroniser les émotions amoureuses. Une recherche de l'harmonie en quelque sorte.

Chez les mammifères, les parades sont beaucoup plus réduites que chez les oiseaux et les arthropodes, et tant pis pour le tango, la valse et le paso doble. Rien à voir avec la belle et interminable danse de M. et Mme Scorpion, pince à pince, avec leur épée de Damoclès oscillant au-dessus de leur tête.

Il arrive aussi que des danses guerrières en direction des intrus (les prédateurs) séduisent les femelles, car elles illustrent le courage démontré des mâles. C'est le cas chez les guppies, certains oiseaux et des ruminants comme les cervidés.

Le choix par les femelles, car elles choisissent toujours, du meilleur danseur ou paradeur peut être dicté par l'intérêt que les autres femelles portent au mâle en action. Chez les guppies et les grouses, le choix du partenaire dépendra du regard porté sur l'élu par les consœurs. La séduction peut être parfois contagieuse.

Les parades séductrices et danses nuptiales sont souvent difficiles à repérer chez les animaux qui vivent en colonies denses comme les flamants roses, les manchots et les fous. Par ailleurs, ces oiseaux mettent en œuvre aussi bien la danse que le chant au milieu d'un brouhaha considérable provoqué par les cris des multiples voisins. Pourtant, chacun possédant une signature vocale, ils arrivent à se reconnaître et à ne pas se tromper de partenaire. Chez le manchot d'Adélie, la parade ne manque pas de distinction. Monsieur s'installe en smoking sur un tas de cailloux qui formera le nid et reste en extase face à Madame, qui commencera une série de courbettes silencieuses reprises par Monsieur. Puis l'un et l'autre se mettront à chanter, tout cela au milieu d'un immense bazar, causé par l'entassement des oiseaux sur la même aire.

Chez les mammifères, en général, les parades sont réduites à peu de chose, à l'exception des rongeurs, danseurs de claquettes. En fait, on se renifle beaucoup le derrière, là où sont les glandes à parfum qui stimulent la libido. Les rongeurs comme les civettes, genettes, mangoustes, produisent dans les glandes périnéales des sécrétions musquées utilisées par l'homme en parfumerie. De même, le musc des glandes prépuciales du chevrotain mâle. C'est d'ailleurs à cause de ces odeurs fortes que les civettes et genettes, qui chassaient les rats dans les demeures seigneuriales au

Moyen Âge, ont été remplacées par le chat, ramené des croisades.

Il est intéressant de noter ici que c'est la même odeur qui attire la truie vers la truffe et vers le verrat. La truffe fabrique en effet une phéromone proche de celle du verrat, un dérivé de la testostérone. Un exemple supplémentaire de lien entre sexualité et gastronomie et du bricolage incohérent de ladite nature, qui pourrait marier la truffe et la truie, l'éléphante et le papillon.

On voit bien que chez les animaux, déjà, la séduction est protéiforme : couleurs, parfums, attouchements, chants et danses, avec des soucis tantôt architecturaux, tantôt décoratifs ou gastronomiques ; qu'elle peut se transmettre, s'apprendre, devenant une véritable culture. Elle peut se pratiquer en nageant, en volant, en rampant, à quatre pattes et même à mille pattes.

Comment cela va-t-il se passer pour les bipèdes que nous sommes, primates de prime abord et néanmoins *Homo* ? Où finira l'animal, où commencera l'*Homo* ? La frontière n'est-elle pas une illusion ?

IV

*La séduction
sur deux pattes*

L'attente de l'Homo

L'*Homo sapiens* est un animal faible, fragile, vulnérable confronté en permanence à l'angoisse et à la peur : peur de l'inconnu, peur de ne pas manger, de ne pas boire, d'avoir froid, d'avoir chaud, d'être mangé, peur de l'autre, de lui-même lorsqu'il se voit dans un miroir, du sexe opposé, peur de manquer, de ne pas avoir assez, d'avoir trop, peur de voir le ciel lui tomber sur la tête. La peur est son moteur. Sa peur de l'inconnu le pousse à en reculer les limites, à la connaissance, d'où l'importance biblique du fruit défendu, fruit de l'arbre de la connaissance auquel il ne fallait pas toucher.

C'est parce qu'il a peur qu'il cherche, qu'il cherche à apprivoiser le monde qui l'entoure, le monde qui le hante de l'intérieur, qu'il cherche à séduire, n'ayant ni la rapidité de la gazelle ni la force de l'éléphant. Il doit composer avec tout, avec les autres, avec lui-même. Tel Narcisse qui, sourd aux soupirs de la nymphe Écho, par peur de l'inconnu, apprivoise le réel dans le miroir en le transformant en virtuel. Une image connue, mais rien qu'une image.

La séduction qu'il puise dans ses racines animales est la réponse à cette peur qui développe chez lui l'inquiétude, la vigilance et peut-être l'intelligence. La peur de se noyer, la peur de l'eau, l'incitent à la nage et au bateau. La peur du vide, le vertige, l'incitent au vol et à l'avion. La peur de ne pas fuir assez vite le danger le pousse à développer la vitesse sous toutes ses formes, prenant le risque d'accélérer le temps et de réduire l'espace. C'est la peur de l'inconnu qui pousse cette petite bête, fragile et tendre sous la dent du lion, à envoyer des messages au-delà du système solaire pour séduire les extraterrestres ou à inventer le microscope électronique pour examiner de plus près les acariens qui peuplent sa couette lorsqu'il rêve.

Tous les êtres vivants ont peur, mais l'homme est peut-être celui des animaux qui a le plus misé sur la peur. Comprenant rapidement que le courage était au-dessus de ses moyens, il préfère fuir ou séduire. Alors, pour séduire sa peur, car il faut la séduire, il s'invente des Tarzan, des Zorro, des Hercule, des Superman, mais il reste toujours la petite bête tendre et fragile.

La peur de l'inconnu poussera l'homme premier, l'homme naturé, puis l'homme dénaturé, à s'inventer des dieux, médiateurs entre lui et les dangers qui l'entourent. Par l'entremise des religions servies par les prêtres qui prennent en charge les peurs originelles, l'*Homo* va séduire ces divinités par des offrandes, des sacrifices qui sont autant de séductions et de signes de soumission organisés en rituels spectaculaires.

Pour que Pan ne fasse plus paniquer, il faut le célébrer, le séduire, lui offrir de quoi boire, manger et assouvir sa libido.

La peur de la mort et surtout des morts le conduira à les écarter des vivants, allant jusqu'à leur construire des monuments somptueux (comme les pyramides en Égypte) à la hauteur de son angoisse pour les séduire dans l'éternité. Il se contentera de huttes, réservant le luxe aux disparus pour qu'ils ne lui fassent plus peur. Et nous continuons à séduire les morts selon des rituels qui puisent leurs racines dans notre peur fondamentale de singe nu.

Face à un agresseur, la peur nous dicte la fuite si l'on est assez rapide et plus faible que lui, le combat si l'on estime être capable de vaincre, ou, ce qui est le plus courant, la séduction. Séduction qui n'est pas dépourvue de menaces. On va discuter, négocier, tenter de se mettre d'accord, tout en montrant sa force cachée, sa force de dissuasion. On ira jusqu'à définir les règles du duel, de la guerre, se battre peut-être mais pas n'importe comment. On va donc déjà se mettre d'accord sur les façons de se battre. D'accord en accord, la combativité s'émoussera. Si les forces s'équilibrent, on ira jusqu'à signer un traité de paix ou des accords de non-agression.

La peur de l'autre sexe, de la différence, conduira, elle aussi, à séduire pour réduire l'agressivité engendrée par la peur. Toutes ces pratiques sont ritualisées depuis la nuit des temps, mêlant notre animalité et notre humanité avec souvent une grande difficulté à discerner l'une de l'autre. Séduire l'autre ne revient-il pas à synchroniser nos peurs pour les partager, les assouvir et les transformer en plaisir ? L'endocrinologie de la peur n'est pas très éloignée de celle du plaisir.

N'oublions surtout pas, comme nous le rappelle Desmond Morris, que l'*Homo* est un « singe nu, fier d'avoir le plus gros cerveau de tous les primates, mais il s'efforce de dissimuler le fait qu'il a aussi le plus gros pénis ». En devenant érudit, l'*Homo sapiens*, écrit-il, « n'en est pas moins resté un singe nu ; en acquérant de nombreux mobiles élevés, il n'a perdu aucun de ceux beaucoup moins nobles qu'il a toujours eus. Ce serait un animal beaucoup moins inquiet et beaucoup plus accompli si seulement il voulait bien admettre ce fait-là » (*Le Singe nu*).

Desmond Morris fait remarquer que l'*Homo sapiens* est l'animal qui a la parade la plus longue et la plus sophistiquée. Il est vrai que les autres animaux ne font pas leur cour pendant des semaines, voire des mois, comme le font les singes nus, instituant à certaines périodes de leur histoire, de véritables « cours d'amour » qui ne sont pas sans rappeler les parades de séduction de ces oiseaux d'Australie qui construisent des édifices pour leurs parades amoureuses, spectacles si formateurs pour les jeunes. Chez les *Homo* naturés, les parades guerrières et amoureuses imiteront celles des animaux. L'homme se parera de plumes, de coquillages, d'ossements, se peindra tête et corps avec des pigments de couleur. Primate dépourvu des ornements des insectes, poissons, amphibiens, reptiles et oiseaux, il invente en copiant la nature. Ainsi vont naître, surtout chez l'homme, le maquillage et le tatouage, associés aux bijoux. En Nouvelle-Guinée, les Baruyas, lors de l'initiation, placent sur les jeunes des insignes de domination masculine : un bec d'oiseau (le calao) symbolisant le pénis de l'homme, surplombe un cercle dominé par deux dents de cochon sauvage, symbole du vagin des femmes. Les jeunes garçons boroboros du Niger, lors des fêtes du Worso, à la fin de la saison des pluies, se travestissent et se maquillent. Ils dansent en ligne selon un rituel précis devant les plus belles filles de la tribu. Le maquillage est l'aspect le plus important de cette cérémonie qui dure une semaine. Il est à base de poudre d'ocre rendue brillante par de la graisse. Ils chantent et dansent en tournant la tête de gauche à droite, gardant leur visage figé dans un sourire théâtral pour mettre en valeur leur dentition et écarquillant les pupilles pour montrer la blancheur de leur fond d'œil.

Sans énumérer tous les rituels de séduction développés dans les sociétés naturées, leur rappel est essentiel pour l'interprétation des modes de séduction actuels, où le tatouage et le piercing reviennent en force. Et comment les traitements de la chevelure par la taille et la couleur n'évoqueraient-ils pas le règne animal, comme si nos sociétés dénaturées cherchaient à se renaturer au milieu du béton, des automobiles et des motos, ces montures modernes, d'ailleurs devenues des instruments de séduction elles aussi ? Est-ce encore la peur de ne pas être comme les autres, savamment exploitée par les marchands, qui pousse les enfants de la maternelle au lycée à s'emparer ainsi de modes en dehors desquelles ils ne peuvent plus concevoir la séduction ? La publicité est-elle devenue la séduction universelle au service du seul et vrai pouvoir, celui de l'argent érigé lui aussi en puissance de séduction ?

D'après Maurice Godelier, qui a étudié les relations entre sexualité, parenté et pouvoir, l'animalité invente la société et la famille, mais l'humanité, en contrôlant la sexualité, les a érigées en institution. La sexualité est l'instrument qui permet à la société de se reproduire et de continuer à fonctionner. Nous pensons que la séduction s'exerce dans ce cadre institutionnel selon des rites issus de notre animalité. Mais comme le précise Baudrillard, la séduction est plus forte que le pouvoir parce qu'elle est un processus réversible et mortel. La séduction est plus forte que la production, que la sexualité, avec laquelle il ne faut jamais la confondre. Partout et toujours, la production cherche à exterminer la séduction pour s'implanter sur la seule économie des rapports de force.

L'instauration du tabou de l'inceste, sans statuer sur son origine (animale ou humaine ?), a fondé la production de la société actuelle avec, historiquement, une domination des mâles. Que sera à terme l'évolution de cette situation ? Comment la contraception modifiera-t-elle ou pas la séduction ? « Rien n'autorise à penser », nous dit Maurice Godelier « que la domination d'un sexe sur l'autre soit inévitable. Le rôle dominant de l'homme dans la société n'est probablement pas inscrit dans le patrimoine biologique, même s'il est vrai qu'il perdure dans la société humaine d'une façon quasi universelle depuis les débuts de l'humanité. » Mais il se peut aussi que la primauté de l'homme ne soit pas aussi certaine que cela, notamment dans les sociétés naturées des débuts de l'humanité. Chez les femelles primates qui éduquent les jeunes et sont meilleures techniciennes que les mâles, on perçoit déjà une sérieuse émancipation. Il est probable que les femmes du Paléolithique, qui cueillaient les plantes, en connaissaient les vertus, éduquaient les enfants, fabriquaient des outils, cuisinaient et peut-être même participaient aux chasses collectives, subissaient peu le pouvoir masculin. De même au Néolithique, où elles dominèrent vraisemblablement l'agriculture et l'horticulture, les hommes étant plutôt occupés à l'élevage et à la défense du territoire.

Chez les primates non humains, on a vu que les femelles sont émancipées et beaucoup moins asservies aux mâles. Ils pratiquent l'humour, le rire comme instrument de séduction. Les chimpanzés, les gorilles, les bonobos, surtout les femelles, sont d'excellents botanistes capables de reconnaître une soixantaine d'espèces différentes pour se nourrir et se soigner. Un ingénieur agronome perdu dans la jungle serait-il capable de faire de même ? Ces mêmes cousins primates séduisent par des offrandes. Il est particulièrement touchant d'observer un chimpanzé cueillir le fruit rond d'une cucurbitacée, l'ouvrir en deux, en déguster la pulpe, puis se servir de la coque évidée comme d'un bol pour puiser de l'eau, la boire et l'offrir en partage à un ou une congénère. Ces pratiques ont été filmées par des primatologues. Ce geste est touchant car il préfigure un rite chinois qui veut, lors des mariages, que les deux époux se partagent le fruit d'une cucurbitacée provenant de la « liane axiale du monde ». Les deux moitiés du fruit évidé sont les deux moitiés du monde, les bols dans lesquels les époux se partagent le monde en buvant la boisson rituelle.

Séduction au féminin

Qu'est-ce qui a poussé l'*Homo sapiens* à se couvrir le corps, partiellement ou totalement de vêtements, en dehors de l'évidente protection contre le froid dans les régions froides ? Quelle était la place de ce processus ? Il n'est pas certain que des réponses définitives puissent être données à ces questions. Dans les régions chaudes ou dans le Bassin méditerranéen, la nudité aurait pu subsister. Qu'est-ce qui a poussé le Papouasien à transformer le fruit allongé d'une cucurbitacée évidée en étui pénien ? Souci de protection, fierté de son apparente érection permanente, souci de normalisation entre les mâles ? Qu'est-ce qui a poussé les femmes à cacher leur sexe et parfois leurs seins avec des peaux de bêtes, des tissus ou des voiles souvent transparents dans l'Antiquité ? Protection, pudeur, séduction ? La Bible, à sa façon, répond à la question : « L'homme et sa femme étaient tous deux nus, sans en éprouver de honte » (Genèse II, 25). Après avoir croqué la pomme, « Dieu le Père fit pour Adam et pour sa femme des vêtements de peau, et il les en revêtit » (Genèse III, 21).

Mais la question est plus complexe qu'il n'y paraît. Chez les peuples naturés, en Amérique du Sud, en Afrique et en Océanie, la nudité absolue a le plus souvent un caractère rituel (célébration de la fertilité, de la pluie, de mariage ou de funérailles). En dehors de ces occasions, la nudité totale est souvent interdite par des tabous ou des religions. Dans la Rome antique, les Romaines vont nues aux bains, mais l'homme qui s'exhibe nu devant une femme en public est puni de mort. En Grèce, filles et garçons vont nus aux processions et aux jeux. En France, jusqu'au début du XVIe siècle, on se baigne nu dans la Seine, le Rhône et les bains publics. En dehors de ces lieux, la chasse à la nudité est féroce. En 1100, quelques milliers d'individus sont brûlés pour avoir refusé le vêtement. En 1370, Grégoire IX excommunie les adeptes du nudisme. Il est vrai que dans les sociétés naturées les femmes montrent souvent leurs seins, plus rarement leur sexe, surtout les femmes mariées. Chez les Gandas et les Zandes (Afrique), les seins ballants étaient appréciés au point de voir les jeunes filles zandes tirer sur leurs seins pour les allonger en chantant une strophe magique : « Oh ! Si mes seins tombaient ! » Dans d'autres ethnies africaines, les femmes pratiquaient l'épilation totale ou partielle des parties génitales avant le mariage. Chez les Nandis, on se lavait, suprême coquetterie, à l'urine de chèvre pour les jeunes filles, à celle de vache pour les femmes mariées. Cette cosmétique africaine est un rituel qui protège les maris car, si les femmes se lavaient à l'eau, elles provoqueraient leur mort. Au Congo, chez les Bwakas, seules

les prostituées avaient une robe qui leur couvrait la poitrine, pour être reconnues. Il semble que les vêtements sommaires qui cachent le sexe des femmes empêcheraient les mauvais esprits et les démons d'y pénétrer et rassureraient les maris. Chez les Ibos du Nigeria, seules les femmes mariées sont habillées.

La dissimulation des seins n'a d'ailleurs jamais été permanente en Occident. Au milieu du XIVe siècle, ils sont remontés et bien visibles jusqu'au bord du corsage. Sous Louis XI, ils continuent à apparaître et le décolleté dans le dos, une innovation, montre le bas des reins. Malgré les menaces d'excommunication de l'Église, aux XVIe et XVIIe siècles, les belles dames continuent à montrer leurs seins jusque dans l'église. On rapporte que, sous la Régence, les jeunes filles qui faisaient la quête récoltaient une obole proportionnelle à la profondeur de leur décolleté. Au XVIIIe siècle, grâce aux théories de Jean-Jacques Rousseau sur l'allaitement maternel, les élégantes se promènent les seins hors du corsage. Sous le Directoire, les robes sont ouvertes en haut, fendues sur le côté et souvent transparentes. Sous le Consulat et l'Empire, la taille remonte sous les seins, le haut de la robe servant de soutien-gorge, puis la Restauration pudibonde couvre et cache tout. Vers 1925, les jupes courtes à taille basse découvrent le haut des cuisses et les bas de soie roulés. On s'approche de la minijupe des années 50. Il est évident que depuis la plus haute Antiquité la femme séduit en mettant en valeur son corps et en particulier ses seins et ses cuisses, jouant tantôt de la transparence, tantôt du dévoilement, jouant de la texture, de la soie, du lin, de la laine, du coton ou de la fourrure et bien sûr, jouant de la couleur du vêtement.

Si l'on regarde les modes de ces deux derniers siècles, il est clair que la femme se pare de couleurs (reproduisant les couleurs des parades mâles chez les animaux) alors que les hommes paraissent bien ternes dans leurs costumes en noir et blanc ou gris, prenant la place des femelles ternes du monde animal. Il est possible, compte tenu des tendances visibles chez les jeunes gens, que ce phénomène soit en train de s'atténuer. L'avenir le dira. Le regard du zoologiste faisant abstraction du respect dû à l'*Homo sapiens* pourrait conduire à penser que l'humanité inverse ses tendances animales et que la femme devient le sexe dominant. Serait-ce un signe d'humanité ?

Mais quelles sont ces couleurs dont se parent les femmes (et périodiquement les hommes selon les époques historiques) ? Elles sont bien sûr, tout du moins jusqu'au XIXe siècle qui inaugure les couleurs synthétiques avec la chimie tinctoriale, d'origine naturelle et surtout végétale. Là, ce n'est plus l'animal qui mange la couleur pour séduire, c'est le singe nu qui extrait la couleur pour en teindre sa surface artificielle, cette seconde peau qu'est le vêtement. Depuis la plus haute Antiquité, les principales couleurs sont : le bleu de l'indigo (*Indigofera tinctoria*) et du pastel (*Isatis tinctoria*) ; le rouge de la garance (*Rubia tinctorium*), de la cochenille du chêne kermès, et du pourpre de mollusques (murex) ; le jaune de la gaude (*Reseda lutea*) ou du genêt. L'orange et le vert s'obtiennent par la combinaison des couleurs primaires précédentes. On colore ainsi aussi bien la laine, le coton, la soie que le lin.

Qu'en est-il des dessous du dessus ? Il semble que le Moyen Âge, avec les cours d'amour (*Le Roman de la Rose*), soucieux de désigner les classes, les métiers, par des uniformes particuliers, inaugure les dessous féminins avec les bas de fil ou de laine tenus par des jarretières. Le fétichisme de la jarretière remonte à cette époque. Rabelais signale la passion grivoise qui pousse les Dames de Thélème à assortir leurs jarretières à leurs bracelets. Avec Catherine de Médicis naît le caleçon ouvert porté aussi bien par les hommes que par les femmes. Brantôme raconte que les Dames se donnaient à leurs amants sans quitter leur caleçon. À la Renaissance apparaissent la vertugale et le vertugadin. C'est un assemblage de bourrelets, de baleines, de fil de fer, de bois ou d'osier reposant sur la taille qui évase la jupe tel un cintre démesuré. Le corset dégageait les seins, creusait les reins pour épanouir le ventre. Il devient basquine et déforme le corps en haut comme la vertugale le déforme en bas. On assiste là à un véritable remodelage du corps, une sculpture vivante à vocation séductrice.

Au XVIIe siècle, ce qui est caractéristique de la finalité des dessous féminins, ce sont les noms qui leur sont donnés : l'innocente, la culbute, les guêpes, le boute-en-train, le tâtez-y, les engageantes, l'effrontée et la criarde. Casanova salue le vêtement féminin en ce sens qu'une seconde suffit pour le déranger, une seconde pour le rajuster. À la Révolution, le corset disparaît et le

« cul » apparaît. C'est une sorte de « pouf » placé sur les fesses apprécié des femmes car le « cul » menteur et tricheur améliore leurs formes naturelles. Une sorte de stéatopygie artificielle qui renoue avec les déesses de la préhistoire. Bien sûr, le corps de la femme suit aussi la mode. La Merveilleuse était maigre, longue, droite. La femme impériale devient plantureuse et rebondie, bien saine et fécondable si l'on en croit Cécil Saint-Laurent, l'auteur d'une *Histoire imprévue des dessous féminins*.

C'est à la fin du XIXe siècle que va naître le dévoilement des dessous ou *strip-tease*. On le verra s'épanouir aux Folies-Bergère, au Bataclan, au Casino de Paris et au Divan-Japonais. Il apparaît, même s'il est issu des fantasmes mâles, comme un cérémonial, une danse rituelle où la femme séduit par la science et la lenteur avec laquelle elle enlève un à un ses dessous, sorte de parade féminine, danse de l'amante religieuse. Tout un rituel emprunt de fétichisme y est présent. Nous ne sommes pas loin d'un cérémonial religieux. Boris Vian le montre assez bien, dans son strip-tease à l'envers du révérend père Saureilles dans *Le Dernier des métiers*. Le même souci de séduction est évident dans les deux cas.

Si la séduction féminine est quasi religieuse, c'est sans doute qu'il y a déjà de la séduction dans la religion. Pour que la séduction divine opère sur le fidèle (à moins que ce ne soit pour permettre à celui-ci de séduire Dieu?), le cérémonial catholique est probablement celui qui est le plus séduisant. La structure même des cathédrales et des églises, avec les vitraux colorés où joue la lumière, les statues, les dorures, l'imagerie sainte, les chandelles, l'acoustique, les orgues, tout contribue à un climat mystique et envoûtant au milieu des senteurs d'encens. Cette grande forêt de colonnades où les fidèles vont être littéralement séduits par les prêtres, les cardinaux, les évêques parés de couleurs et de dorures extraordinaires incite à la ferveur, ferveur que le prêtre va maîtriser, diriger, pour provoquer l'adoration de Dieu. Le cérémonial religieux remonte à la nuit des temps, il n'est probablement pas très éloigné de celui des parades collectives des animaux. Seule sa finalité est différente. Son moyen reste la séduction et l'érotisme en est proche. Sade, Georges Bataille et Jean Genet ont souvent, dans leurs œuvres, montré les relations entre l'érotisme et le cérémonial religieux, comme l'a fait Fellini dans ses films.

On a vu qu'avec les couleurs des vêtements féminins, beaucoup plus riches et abondantes que dans le costume masculin depuis deux siècles, on assistait peut-être à un renversement de tendance biologique. Il en va de même pour le maquillage, qui dans les sociétés naturées était plutôt l'apanage des hommes et qui est aujourd'hui celui des femmes, qu'il s'agisse du traitement du visage, des joues, des cils et sourcils, des paupières, des lèvres et des ongles. La coiffure suit la même tendance, avec un usage des teintures qui, pendant des siècles, fut limité au roux (henné), au blond (avec les décolorants) et au noir et s'étend maintenant aux autres couleurs : rouge, bleu, vert. Il y a derrière ce qui est peut-être une conquête par rapport au statut biologique de la femme une industrie florissante : la cosmétologie, industrie de séduction par excellence. Plusieurs dizaines de milliards de dollars par an! Déjà la Crétoise, dans l'Antiquité, pratiquait un maquillage important des yeux, des paupières et des lèvres avec des jupes à volants multicolores et la poitrine nue. C'est la figure emblématique de la séductrice dans l'Antiquité.

Entrent dans la fabrication des produits cosmétiques des pigments d'origine végétale et animale. L'une des caractéristiques de la cosmétologie est la chasse aux parfums corporels (les phéromones), qui sont masqués, effacés au maximum par les savons et détergents, remplacés par des parfums dégageant des odeurs florales ou fruitées (donc du règne végétal) et des odeurs plus musquées provenant des glandes anales des mammifères. On ne se renifle plus le derrière comme des rongeurs ou des chiens, mais on continue à se servir de leurs parfums musqués pour séduire. Ici encore, nous sommes en présence d'une dénaturation de nos signaux humains et de leur remplacement par d'autres signaux, en particulier du règne végétal (lavande, violette, rose, réséda), un peu comme si la femme cherchait à séduire non plus des hommes, mais des papillons. Cette transgression biologique est-elle aussi un signe d'humanisation et verra-t-on un jour la femme avec un statut nouveau transformer l'homme en papillon, en fourmi ou en cigale? Le sillage coloré et parfumé de la femme nous conduit à la table, où la gastronomie se signale, elle aussi, par ses couleurs, ses parfums, ses saveurs, une autre séduction.

À table !

On y retrouve, disposées sur de la vaisselle, nos racines : les radis roses, les carottes et les betteraves rouges qui, exhibant leurs anthocyanes, leurs flavones et leurs caroténoïdes dans leur langue colorée, nous font savoir que leur pouvoir antioxydant est bon pour la santé. À côté, les fruits, la tomate, les poivrons rouges ou orange aux caroténoïdes étincelants, rivalisent avec les anthocyanes du chou rouge sans pour autant briller comme le fait l'aubergine, solennelle solanacée dans sa tenue violette.

Ces couleurs nous attirent, nous charment (de *carmen*, qui en latin signifie « chant magique »), vestiges d'un paradis (l'ancêtre du jardin) qui était peut-être le nôtre quand nous faisions encore les singes dans les grands arbres, nous nourrissant de fruits, de feuilles, d'insectes, nous fiant à leurs couleurs : vert (Allez-y!), orange (Attention!), rouge (Attendez, réfléchissez!). Notre signalisation routière n'est-elle pas elle-même dérivée de ce paradis? Reste à savoir toutefois si la pomme d'Adam, celle qui nous est restée en travers de la gorge, était verte ou rouge. Question fondamentale pour toutes celles et ceux qui sont convaincus (la Bible étant une base bibliographique incontournable) que la pomme, fruit du Malin (*Malus pumilus*), est à l'origine de la séduction, de la gastronomie et de l'érotisme. « Éros, il a vécu ce que vivent les rosses », écrit le poète ! Ce fils de Mars et de Vénus incapable de choisir entre la guerre et l'amour, Cupidon chez les Romains (on lui doit la cupidité), présidera quand même aux repas et aux transports amoureux en tant que dieu de l'amour, du sport et de la camaraderie.

Dans ces couleurs se cachent souvent des vitamines. Elles agissent à faible dose et sont indispensables à la vie. Elles ne peuvent venir que de l'alimentation. L'organisme n'est pas capable d'en faire la synthèse. La crevette, ce cabri aquatique (étymologiquement à cause de ses sauts), et la carotte n'en sont pas chiches. On y trouve la vitamine A, celle de notre vision. Et si par la porte de la cuisine entrouverte vous voyez le hareng saur de Charles Cros balancer son arôme au bout de sa ficelle près de la grande échelle, sachez qu'avec sa rhodopsine (pigment de la rétine), il vous fait un clin d'œil. Clin d'œil que reprennent les modernes robots japonais : c'est grâce à cette rhodopsine que les robots d'aujourd'hui peuvent capter soixante images à la seconde, ce qui est bien supérieur au système de vision photoélectronique très encombrant qui leur faisait la tête plus grosse que le ventre. Cela aurait beaucoup plu à notre poète du Chat-Noir : Charles Cros n'a-t-il pas été l'un des inventeurs du phonographe et de la photographie en couleurs ?

La couleur, source d'antioxydants, donc de santé, est un signal devenu d'une telle évidence que les maîtres de l'agro-industrie qui nourrissent les singes nus en abusent. Ainsi, il y a couleur et couleur, celle d'origine naturelle qui passe de la chanterelle à la saucisse de Strasbourg est à retenir. Celles d'origine artificielle, passant par la chimie, sont à bannir. Bien que Baudelaire ait affirmé que « le rouge chante la gloire du vert », les Verts se sont opposés aux colorants alimentaires chimiques, les rouges surtout, à juste titre. À fortes doses, certains d'entre eux sont cancérigènes. Les charcutiers se sont mis à faire des saucisses de Strasbourg sans colorants et sans acheteurs, car ce qui séduit dans la saucisse, c'est le rouge.

Par ailleurs, et c'est notamment le cas des caroténoïdes provenant de la voie mévalonique ou voie de la séduction, lorsque la chaîne de synthèse est complètement orientée vers les oxycaroténoïdes rouges, la synthèse d'odeurs et de saveurs terpéniques (molécules plus petites) est moins importante. D'où une couleur éclatante mais moins d'odeur, moins de saveur. C'est ce qui arrive souvent avec les fleurs et les fruits trop colorés. Dans les espèces à parfum, les fleurs blanches ou pâles sont plus parfumées que celles aux couleurs vives. Il y a probablement au sein de la voie de synthèse qui, en tête conduit aux odeurs, et en queue aux couleurs, un équilibre subtil avec des rétro-inhibitions : l'excès de parfum inhibe la synthèse des couleurs et vice versa.

À table, l'équilibre entre les signaux colorés, les parfums et les saveurs n'est pas d'une évidence lumineuse. C'est au Chef, le cuisinier, et à son Art qu'appartient la tâche d'harmoniser la vue, l'odorat et la saveur. Bon nombre de recettes empiriques qu'on pouvait puiser au fil du temps dans *Le Traité des fards et des confitures* de Nostradamus ou dans *La Physiologie du goût* de Brillat-Savarin, sont maintenant savamment expliquées dans *Les Secrets de la casserole* d'Hervé This.

Bien des auteurs, dont Lévi-Strauss se sont penchés sur le « comestible » et l'« immangeable ». Si la plupart des fruits et des légumes sont à peu près universellement consommés, il n'en va pas de même pour les produits animaux. Ainsi, sur 383 cultures humaines différentes, 363 consomment le poulet (chair et œufs), dont l'odeur et le goût sont ceux de l'acide glutamique, neuromédiateur de notre cerveau ; 196 seulement consomment les bovins (chair et lait), et 180 le porc. Le chien n'est mangeable que pour 42 cultures, de même le rat (voir *L'Homnivore* de Claude Fischler). Quant aux insectes, qui à tort nous répugnent, ils sont comestibles en Amérique latine, en Asie et en Afrique. Le conil plaît aux Français et aux Italiens, ces chauds lapins, mais rebute la Perfide Albion et l'Amérique du Nord, tout comme les escargots et les grenouilles. Le poisson, cette unique source d'acides gras poly-insaturés à longue chaîne carbonée, indispensable au cerveau, n'est consommé que par 159 cultures sur 383. La table, comme le miroir de Narcisse, est bien le reflet de nos cultures.

Les épices, agents de séduction alimentaire, remplacèrent le frigo pendant longtemps. Substances aromatiques d'origine végétale, elles relèvent le goût des aliments. Elles masquaient souvent le moisi, le faisandé et les diverses fermentations qui, à la longue, gâtaient les aliments. Par ailleurs, certaines d'entre elles, riches en substances anti-oxydantes, protégeaient la nourriture de l'oxydation. Le rosmarinol est un terpénol extrait du romarin utilisé aujourd'hui comme anti-oxydant alimentaire. Le safran joue le même rôle. C'est donc en ralentissant la dégradation alimentaire que les épices remplaçaient le frigo. La plupart d'entre elles proviennent de pays exotiques où, bien sûr, elles sont abondamment utilisés. La cuisine des régions tropicales est épicée. Les épices étaient déjà connues en Europe, dans l'Antiquité (poivre, cardamome, gingembre sont des conquêtes d'Alexandre). Ce sont les croisades qui en répandirent l'usage en Europe, et les Arabes eurent longtemps le monopole du trafic, relayés par les Vénitiens et les Génois. On séduisait juges et avocats en leur offrant des épices. On y fait allusion dans *Les Plaideurs*. C'est en cherchant de nouvelles routes d'accès aux épices qu'on découvre l'Amérique. La statue de la Liberté ne devrait pas porter une torche éclairant le monde, mais une corne d'abondance débordant de poivre, piment, cannelle, gingembre et autres épices masquant le goût standardisé des MacDo fréquentés par l'*empereur Tomato ketchup*. Il devait être dit qu'un jour le rouge dominerait la planète et qu'en Chine MacDo prendrait la place de Mao. Cette Chine dont Marco Polo a écrit qu'il en rapporta le riz et les pâtes après avoir croisé le chemin du « Vieux de la Montagne », gardien des portes du Paradis, et sympathisé avec le petit-fils de Gengis Khan, Kubilay Khan. Que de souvenirs traînent sur nos tables où la culture est inséparable du plaisir !

Ça, c'est le bouquet !

Le cheminement du bêtacarotène orange, de l'algue primitive à la table, doit nous rappeler que tout est dû à la rencontre de la molécule de chlorophylle et de l'astre solaire dans le monde végétal. Ce jaune solaire était célébré par les Aztèques dans la fleur de courgette que nous honorons aujourd'hui encore sous forme de beignets. Il était craint par les Indiens Mandans du Dakota, qui prenaient la fleur jaune du tournesol pour une femme jalouse. Quand on ne mange pas les fruits des végétaux, on se sert surtout de leurs sexes, leurs fleurs, pour lesquelles on les vénère (mot venu de Vénus). Il est un peu étonnant que depuis le Néolithique, et peut-être avant, l'*Homo sapiens* se soit attaché à développer pour son alimentation directe un nombre assez limité de végétaux comparé au nombre impressionnant d'espèces sélectionnées pour leurs fleurs. Cela est d'autant plus surprenant que la fleur ne se mange pas (tout du moins qu'elle n'a pas été cultivée et sélectionnée pour cet usage), et que l'homme a connu, depuis le Néolithique, des famines, des épidémies, des guerres, des cataclysmes épouvantables qui n'ont jamais arrêté son ardeur à cultiver et améliorer les plantes pour en obtenir des fleurs. Rien de plus futile, de plus apparemment inutile à la survie de l'espèce, si la séduction ne tenait pas une si grande place dans l'évolution animale.

Mais est-ce une explication suffisante ?

Si le végétal, ayant inventé la vie, modifié la planète pour la rendre vivable, n'avait fait de sa fleur un réservoir de signaux colorés et parfumés que pour attirer, pour séduire, pour charmer les insectes, les oiseaux mais aussi l'homme ? C'est la plante qui invente le jardinier et pas le contraire ! Le jardinier ne fait que la servir, lui rendre la vie suffisamment agréable pour qu'elle se reproduise, et souvent avec son aide. C'est la plante qui invente la fécondation assistée, et c'est l'homme qui l'assiste. Comprenant que la fleur, le sexe végétal, est séduction, il séduit les dieux, les vivants et les morts avec les fleurs qui ont su le séduire. Les plantes, depuis longtemps, ont servi de médiatrices entre les divinités qu'on s'est inventées et les hommes. Les chamans en étaient les principaux intercesseurs. Les champignons, comme l'amanite tue-mouches dans l'Est de l'Europe, ou ceux du Mexique, confondus par les conquérants espagnols avec le peyotl (un petit cactus), le datura, le tabac et le cannabis, ont été les vedettes de ces rituels chamaniques laissant des traces vivaces. On sollicitait les dieux au temple de Delphes en faisant des fumigations de datura, de jusquiame ou autres solanacées qui distillaient ainsi des alcaloïdes psychotropes respirés par les fidèles qui devenaient plus réceptifs à des visions ou à des voix comme celles qu'entendait Jeanne d'Arc, la bergère qui grignotait sa racine de mandragore en gardant ses moutons. L'agent responsable en est la scopolamine, qu'on trouve aujourd'hui en pharmacie et qui, à faible dose, soigne les bourdonnements d'oreille. L'atropine de la belladone donnait des visions, et l'hyocyamine de la jusquiame le sentiment de lévitation. Ainsi usions-nous, dans l'Antiquité, des plantes magiques. Le calumet de la paix et la cigarette moderne sont les derniers vestiges de ces pratiques incantatoires. L'encens, dans les églises, continue à créer un climat odorant favorable au cérémonial religieux.

On sollicite les morts, eux aussi, avec des fleurs. On a retrouvé des sépultures néandertaliennes (-80 000 ans) pleines de fleurs. C'est l'évidence des enterrements et celle des cimetières où les tombes sont régulièrement fleuries. À la Toussaint, on se doit d'offrir des chrysanthèmes (de *chrysos* : « doré »). La science du jardinier qui, dix-huit mois à l'avance, en faisant sa bouture, va prévoir leur floraison à un jour près est aussi précise que celle de l'ingénieur qui envoie un homme sur la Lune. Il faut savoir jouer avec l'horloge biologique, connaître les bonnes *thermopériodes* et *photopériodes* pour réaliser cet exploit. Car c'est un exploit, même si on est blasé de le voir renouvelé partout chaque année.

De tout temps, les jardiniers, ces grands satrapes du règne végétal, de Babylone à nos jours, ont jardiné le monde, paysagé la planète, planté des forêts, des bosquets, aménagé des parcs, des jardins, jouant des volumes, des couleurs, des parfums et des textures. Ils ont ainsi célébré les deux sexes du végétal à travers les fleurs. Flora la belle Romaine, Pomone et Iona épongeaient la sueur de cette corporation qui cherche à rendre plus beau le monde animal : ce monde de pierres, de briques puis de béton qui dispute aux herbes l'espace qui se réduit comme le temps, à vue d'œil.

Alors que partout cesse l'enseignement de la botanique (« Ta beauté panique »), les fleurs continuent à envoyer leurs signaux de séduction à l'*Homo sapiens*, cette pauvre bête qui ne comprend que le langage animal.

Il s'en souvient quand il est amoureux, quand il faut séduire dans son petit costume uniforme, terne et triste. Alors il court chez le fleuriste, achète un bouquet de fleurs en rut et vient séduire sa belle, détournant la sexualité des plantes pour assurer la sienne. C'est quand même le bouquet !

Les dictionnaires ne sont pas tendres avec la séduction. Le séducteur est vu comme un corrupteur dont il faut se méfier. Il ensorcelle, il fascine, c'est le Diable en personne venu pour corrompre. Il suborne, il débauche, il déshonore, il abuse, il égare, il trompe. Il appâte, enjôle, entortille pour plaire, pour captiver, charmer, entraîner et attacher. C'est un enchanteur diabolique. Il fait tomber en faute, en erreur, il persuade... À l'orée du XXIe siècle, dans nos sociétés évoluées et civilisées, on voit en quelle estime on tient la séduction ! Jean Baudrillard, dans *De la séduction*, en conclut : « Nous vivons de toute façon dans le non-sens, mais si la simulation en est la forme désenchantée, la séduction, elle, en est la forme enchantée. » Je crois, pour ma part, qu'on n'écrit pas impunément une *Histoire naturelle de la séduction* et que certains y verront l'œuvre d'un Séducteur diabolique, corrupteur de la Science, détourneur d'Histoire naturelle qui souvent s'égare et égare, se trompe et trompe, eh bien tant pis ! Vive les éléphants et celles et ceux qui trouveront un intérêt aux parades de séduction... « de la mouche à l'homme », comme dirait Jean Rostand.

> La règle absolue, celle de l'échange symbolique, est de rendre ce qui vous a été donné. Jamais moins, toujours plus.
> La règle absolue de la pensée, c'est de rendre le monde tel qu'il nous a été donné – inintelligible – et si possible, un peu plus inintelligible. Un peu plus énigmatique.
>
> JEAN BAUDRILLARD

V
L'alchimie de la séduction en 16 tableaux

Avant-propos

Celles et ceux que cette promenade dans les méandres de la séduction (le Méandre étant le fleuve qui traverse le Paradis) a laissés sur leur faim trouveront ici un bref rappel des phénomènes biochimiques mis en jeu lors de la séduction. Qu'ils ne soient pas déroutés si la logique du texte ne suit pas exactement la logique moléculaire des tableaux. Mon souci est de dégager l'essentiel de cette chimie au travers des voies métaboliques impliquées, tout en soulignant la continuité entre le règne végétal, le règne animal, et bien sûr « le soleil, sans lequel les choses ne seraient que ce qu'elles sont ».

Ainsi, les trois voies principales issues des plantes sont rappelées et nommées par les trois acides qui servent de précurseurs dans ces synthèses :

Lévulinique	Mévalonique	Shikimique
CO_2H	CO_2H	CO_2H
|	|	|
CH_2	CH_2	C
|	|	$\parallel$
CH_2	CH_3-C-OH	$CH \quad CH_2$
|	|	| \quad |
$C=O$	CH_2	$CH \quad CH$
|	|	/ \ / \
CH_2	CH_2OH	$OH \quad CH \quad OH$
|		|
NH_3		OH

L'alchimie de la séduction en seize tableaux serpente entre molécules et calembours, rappelant que si les « dents de la mer » sont là pour mordre, celles de la science sont là pour sourire.

J'espère que ce résumé rendra *Une histoire naturelle de la séduction* aussi accessible aux élèves de sixième qu'au Collège de France.

Les trois voies de synthèse de la couleur végétale
(tableau 1)

Grâce à sa chlorophylle, le végétal utilise la lumière solaire comme seule source d'énergie pour fixer du gaz carbonique et libérer de l'oxygène dans l'atmosphère à partir de l'eau. Ce gaz carbonique est transformé en sucres, point de départ du métabolisme. Il engendre les petites molécules de la vie : les acides aminés contenant de l'azote, les acides gras et les acides nucléiques porteurs de l'information génétique.

À partir de l'acide lévulinique (un acide aminé), se forme le noyau pyrrole qui, par polymérisations successives, donne des molécules à quatre pyrroles refermés sur un atome de magnésium, la chlorophylle verte, et des tétrapyrroles en chaînes, sans métal, colorés en rouge ou en bleu, les phycobiliprotéines des algues. C'est la voie lévulinique (tableau 2).

Une deuxième voie de synthèse à partir de l'acide mévalonique, dite voie mévalonique, conduit par étapes successives (tableau 4) aux parfums et aux phéromones volatiles, aux hormones et aux couleurs huileuses que sont les caroténoïdes. Cette voie engendrant parfums, hormones sexuelles et couleurs mérite, à elle seule, le terme de voie de la séduction. Séduire est donc une affaire chimique.

La troisième voie de synthèse, celle des couleurs hydrosolubles, démarre avec un acide phénolique, l'acide shikimique (tableau 9). Cet acide, par polymérisations successives, donne le bois ou lignine constituant la tubulure rigide des plantes qui leur permet de sortir de l'eau et de coloniser la terre ferme. Grâce à lui, on passe du monde mou des algues au monde dur des arbres. Le début de cette polymérisation conduit à de petites molécules colorées : les anthocyanes bleues et les flavonoïdes jaunes.

La voie lévulinique
(tableau 2)

Elle est inventée par les plantes pour faire de la chlorophylle et se maintient chez les animaux pour faire du sang. Un tétrapyrrole appelé porphyrine ou encore hème, piège un atome de fer et devient l'hémoglobine rouge du sang des mammifères. S'il piège un atome de cuivre, le sang sera bleu. C'est l'hémocyanine des escargots et des êtres primitifs à sang bleu. Les tétrapyrroles en chaînes subsistent, ce sont les bilines vertes des mantes religieuses, du criquet pèlerin et de certaines chenilles. Chez les mammifères, ils proviennent de l'ouverture de l'hémoglobine qui perd son fer et devient dans le foie la biliprotéine jaune de la jaunisse. Même nos maladies sont en couleurs (tableau 3).

La voie mévalonique
(tableau 4)

C'est la voie de la séduction, celle qui nous va droit au cœur. Elle n'existe, dans son ensemble, que chez les végétaux. C'est un jeu de construction qui, à partir de l'isoprène à 5 atomes de carbone, va, par étapes successives, des hydrocarbures volatils à 10 ou 15 carbones (les parfums et phéromones) jusqu'aux caroténoïdes à 40 carbones, la peinture à l'huile des végétaux, en passant par les squelettes chimiques des hormones animales à 30 carbones (les stérols) et des hormones végétales à 20 carbones comme les gibbérellines. Cette voie est si élastique qu'elle aboutit au caoutchouc de l'hévéa. Qui pneu le plus pneu le moins. (tableau 5)

La voie shikimique
(tableau 9)

Elle permet aux végétaux de sortir de l'eau grâce à la lignine (c'est pour cela que les arbres sont en bois) et donne au début des polymérisations cette peinture à l'eau qui ira s'accumuler dans les fleurs et les fruits sous la forme d'anthocyanes et de flavonoïdes. Ces petites molécules sont construites sur le même modèle : 2 noyaux benzéniques (ou aromatiques) à 6 carbones reliés entre eux par un hétérocycle contenant de l'oxygène. Les fonctions phénols ou hydroxyls greffées sur les noyaux aromatiques conduiront à des couleurs allant du jaune pur au bleu soutenu. Ces molécules peuvent changer de couleur en fonction de l'acidité ou de l'alcalinité du sol. C'est le cas de la fleur d'hortensia qui peut passer du bleu au rose (tableau 10).

Lorsque la synthèse de ces anthocyanes ou de ces flavonoïdes est altérée par une maladie, seuls subsistent le premier noyau et l'hétérocycle, c'est alors un dérivé de la coumarine. Ces dérivés sont incolores à la lumière du jour, mais développent une fluorescence colorée en lumière ultraviolette. Observez une banane tigrée en lumière ultraviolette : autour des petites taches noires produites par un champignon du genre *Glœsporium* vous décelez des auréoles fluorescentes bleues autour des taches. La synthèse du flavonoïde jaune de la banane est altérée par le parasite et produit cette fluorescence. Ce dérivé de la coumarine est une substance fongistatique qui ralentit le développement du champignon. Ce phénomène fut signalé pour la première fois par l'auteur en 1961*.

---

* – « Dépistage sous lampe de Wood de lésions causées par des champignons phytopathogènes » ;
 – « L'accumulation de substances fluorescentes dans les châtaignes moisies » ;
 – « Substances fluorescentes produites par un champignon du genre Sclerotinia » ;
(Claude Gudin, Académie d'agriculture, février et juin 1961).

La voie des mélanines
(tableau 11)

C'est celle qui, à partir de la tyrosine, un acide aminé, conduit au noir végétal, celui des champignons (mélanospora, truffe, morille etc.) et au noir du chat noir et des Mélanésiens. Elle conduit aussi, avec les phéomélanines, aux cheveux roux et aux taches de rousseur.

Les caroténoïdes
(tableau 7)

Ces couleurs méritent le nom de peinture à l'huile. Elles sont du jaune au rouge, liposolubles et proviennent de la voie de synthèse dite mévalonique. Ce sont des tétraterpènes à 40 molécules de carbone dans leur squelette linéaire. Cet enchaînement d'unités isoprènes à 5 carbones subit une série de désaturations (doubles liaisons) suivies, à partir du lycopène de la tomate d'une double cyclisation à chaque extrémité de la molécule. Ces cycles sont nommés : noyaux bêta-ionones. Sur chacun d'eux vont être mis en place un ou plusieurs oxygènes par des oxygénases, puis des groupements hydroxyles par des hydroxylases. Ce sont ces fonctions greffées sur les cycles qui conduisent à des couleurs différentes. La chaîne de synthèse n'existe que dans le règne végétal, toutefois les animaux sont capables d'oxygénations ou d'hydroxydations des caroténoïdes absorbés par l'alimentation, modifiant ainsi la couleur initiale.

Transfert trophique des caroténoïdes
(tableau 13)

C'est l'histoire des étapes successives de l'accumulation des couleurs chez les animaux par leur alimentation directe ou indirecte, à partir du règne végétal, producteur primaire de couleurs. Ce transfert concerne aussi bien la sexualité que la gastronomie. Dans les deux cas, le caroténoïde est devenu un signal d'attraction.

Phéromones d'insectes
(tableau 6)

Plusieurs exemples de structures moléculaires montrent le squelette terpénique sur lequel les fonctions oxygénées ou hydroxygénées peuvent être greffées. Il s'agit d'hormones volatiles dont beaucoup sont encore à découvrir. Ce sont, peut-on dire, les produits de tête de la voie de la séduction, qui concernent aussi bien la reconnaissance et la communication cellulaire que celle des êtres pluricellulaires.

N'oublions pas le cas de l'éthylène, la plus simple des phéromones, émise par un acacia en réponse à une morsure de son écorce par une gazelle affamée. Cette émission captée par les autres acacias, sorte de tam-tam moléculaire, les amène à augmenter leur taux de synthèse de tanins (substance amère), qui peu à peu décourage les gazelles et même les tue si, poussées par la faim, elles persistent dans leur repas. Une sorte de SOS (*Save Our Skin*) du monde végétal est inventée.

Il était une fois le foie de morue
(tableau 14)

C'est l'éloge de ce poisson des mers froides qui puise dans le plancton les antigels naturels que sont les acides gras poly-insaturés à longues chaînes qui restent liquides à basse température. Ces trois acides : l'acide arachidonique, l'acide eicosapentaénoïque et l'acide docosahexaénoïque, constituants des huiles de poissons, passent directement chez l'homme par l'alimentation. Ils sont essentiels pour la synthèse des prostaglandines.

Alors que deux de ces acides peuvent être obtenus par élongation et désaturation des acides gras venant des huiles végétales (AA et EPA), le DHA, lui, ne peut venir que des poissons, eux-mêmes le puisant dans les dino-flagellés. Cet acide gras est celui de l'intelligence, puisqu'il entre en jeu dans les connexions neuroniques. La vue, la séduction, la sexualité, l'intelligence, tout se mange. Voilà bien de quoi justifier nos deux ou trois repas par jour.

Les teintures végétales
(tableau 12)

Homo sapiens, mammifère sans fourrure et sans belles couleurs, a dû s'inventer une seconde peau artificielle. Il l'emprunte aux végétaux ou aux animaux et la colore à sa guise avec des teintures végétales, ou celles provenant des cochenilles ou du murex, qui est un coquillage. Il a maintenant accès à la chimie de synthèse pour se fabriquer des peaux et des fourrures synthétiques et toute une gamme de colorants venant de la pétrochimie.

Les soldats de 1870, faciles à repérer grâce à leurs pantalons rouges (garance), moururent en couleurs.

Nos blue-jeans sont un souvenir de l'indigo, le bleu d'une papilionacée, qui se fait maintenant par synthèse chimique. *Jean* étant la déformation américaine de *denim* (bleu de Nîmes). La garance et la « graine d'écarlate » du chêne kermès (colorants rouges) ainsi que le pastel bleu d'une crucifère furent les richesses colorées de la Provence, pays de cocagne (du nom de « cocaignes », qui étaient les coques séchées de pâte de pastel). Les ecclésiastiques utiliseront longtemps pour leurs parures le rouge de la cochenille d'Amérique qu'utilisaient les Indiens aztèques qui n'étaient pas encore reconnus comme des humains. On a retrouvé dans une caverne néolithique des Bouches-du-Rhône des vestiges de rouge du kermès et dans la vallée de l'Indus (2 500 ans avant J.-C.) des vestiges de coton teints à la garance.

Le fabuleux destin de l'âne et du poulain
(tableau 15)

C'est une affaire de molécules. Il suffit de suivre les flèches. Le chemin est le même pour la crevette et la midinette. Grâce à la chlorophylle, les végétaux grignotent les rayons du soleil dans le bleu et le rouge et, avec cette énergie, libèrent de l'oxygène permettant la vie. À partir du gaz carbonique, ils tricotent les molécules des cellules vivantes : glucides, lipides et protides, ainsi que les indispensables ingrédients que sont les vitamines, les hormones et les couleurs. Les animaux, qui ne sont jamais que des végétaux ayant perdu leur chlorophylle, ne pouvant plus grignoter le soleil, vont grignoter les plantes directement (herbivores) ou indirectement (carnivores). C'est la prédation ou alimentation.

Ils vont accumuler les couleurs huileuses des végétaux pour en faire des signaux de séduction (à l'exception des mammifères qui ont d'autres stratégies) et s'accoupler pour assurer leur reproduction à coup sûr et peut-être pour le plaisir. Séduire est un plaisir qui ne conduit pas automatiquement à la sexualité. Ces signaux de reconnaissance associés à des danses ou à des chants dans le cadre de parades nuptiales plus ou moins élaborées permettent de surmonter la peur des différences entre mâles et femelles et de métisser leurs caractères par une sexualité qui ressemble à une loterie du hasard. Pléonasme, qui plaît à l'évolution et donne un nouveau génome, source de diversité.

Le génome est crypté sur l'ADN (acide désoxyribonucléique) des chromosomes pelotonnés dans le noyau des cellules. Le message est transmis et décrypté par l'ARN (acide ribonucléique) qui, à partir des acides aminés libérés des protéines digérées, va reconstituer des protéines spécifiques.

Ainsi va la vie, l'âne et le poulain grignotent le soleil par l'herbe interposée et assurent leur originalité par le sexe. Mais pour cela il faut séduire, clef de voûte de ce fabuleux destin, et il faut de l'herbe, même si cela a l'air bête.

Circulation des caroténoïdes
(tableau 16)

Ce circuit prend des allures franc-maçonniques et supporte assez bien la triangulation. Au sommet, le soleil : Al chemesh, Râ, Hélios, Mazda, Phœbus, etc. capté par la molécule fondamentale, la molécule sacrée, sainte Chlorophylle. Ainsi naît le végétal, haut en couleur, mangé par l'animal qui en garde les couleurs pour en faire un signal sexuel et se reproduire.

Mais pour voir les couleurs, il faut faire un œil avec une rétine photosensible. Cet œil animal, tout comme la chlorophylle, mais en sens inverse, rattache l'animal au soleil. C'est bien le soleil qui tient en laisse la biosphère, et nous le grignotons tous à longueur de journée. C'est l'ivoire de nos dents qui permet d'y voir clair, et la rhodopsine de notre rétine (tableau 8).

1. Les trois voies de la couleur végétale
2. La voie lévulinique
3. La voie lévulinique du végétal et de l'animal
4. La voie mévalonique
5. Les monoterpènes (parfums et arômes)
6. Les phéromones d'insectes (terpènes)
7. Les caroténoïdes
8. Les caroténoïdes de la vision
9. La voie shikimique
10. Les anthocyanes et les flavonoïdes
11. La voie des mélanines (végétaux et animaux)
12. Les teintures végétales
13. Le transfert trophique des caroténoïdes
14. Il était une fois le foie de morue
15. Le fabuleux destin de l'âne et du poulain
16. La circulation des caroténoïdes

1. Les trois voies de la couleur végétale

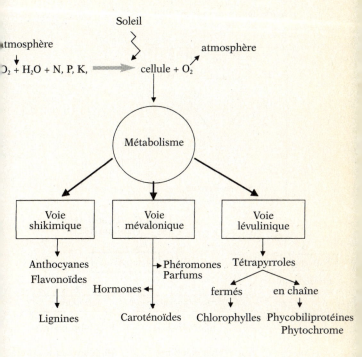

2. La voie lévulinique

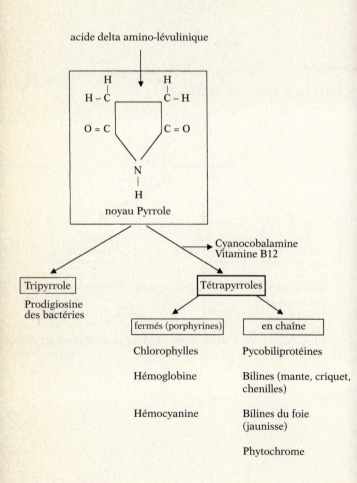

3. La voie lévulinique du végétal et de l'animal

Voie végétale

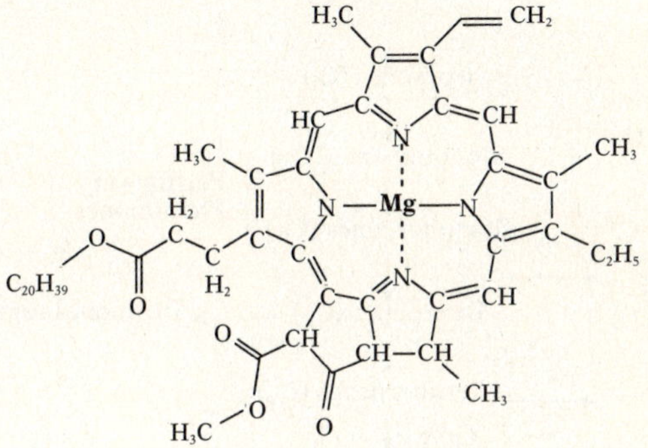

chlorophylle verte

Voie animale

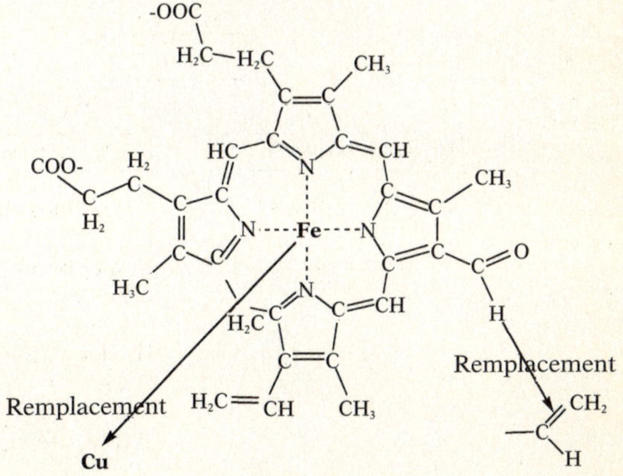

Remplacement → **Cu**

Hémocyanine
Sang bleu des escargots

Chlorocruorine
Sang vert des annélides

Hémoglobine
Sang rouge des mammifères

4. La voie mévalonique

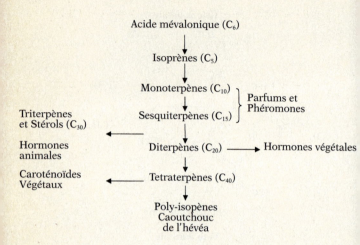

5. Les monoterpènes (parfums et arômes)

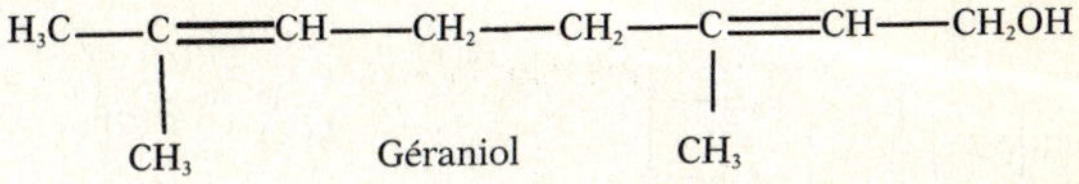

$H_3C-C=CH-CH_2-CH_2-C=CH-CH_2OH$
  | |
  CH_3 Géraniol CH_3

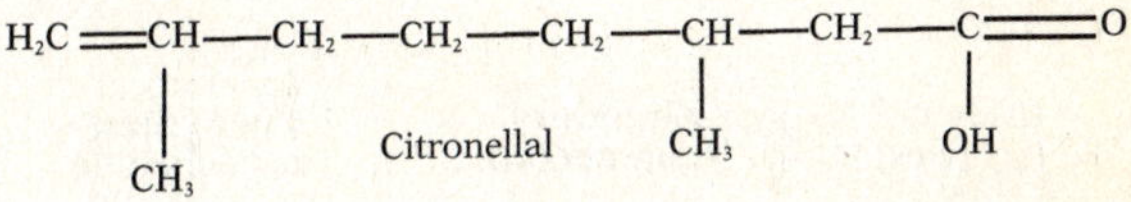

$H_2C=CH-CH_2-CH_2-CH_2-CH-CH_2-C=O$
  | | |
  CH_3 Citronellal CH_3 OH

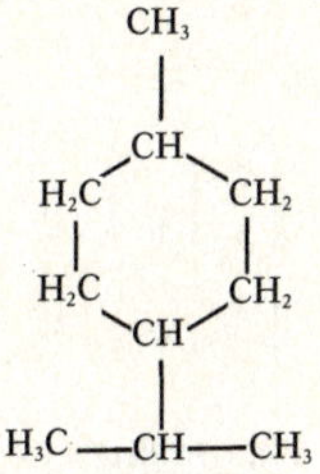

Menthol

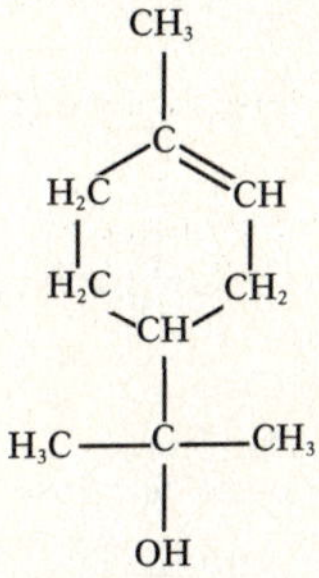

Terpinéol (orange)

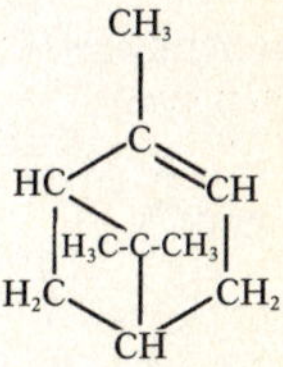

Pinène

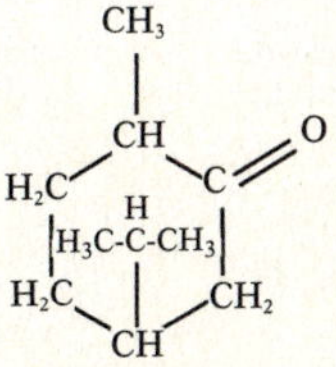

Camphre

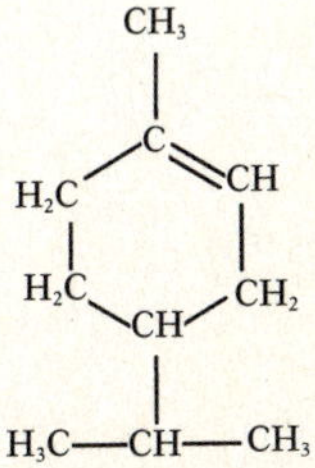

Limonène (fenouil)

6. Les phéromones d'insectes (terpènes)

Monoterpènes (C₁₀)

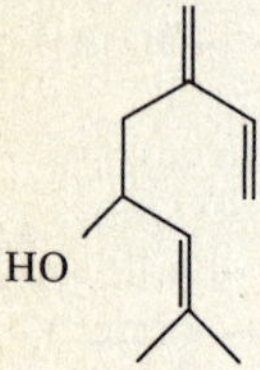

Ipsdienol
(scolytes)

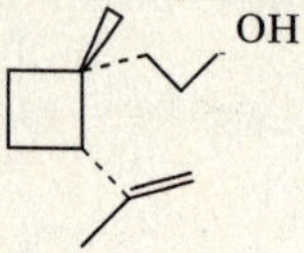

Grandisol
(charançon)

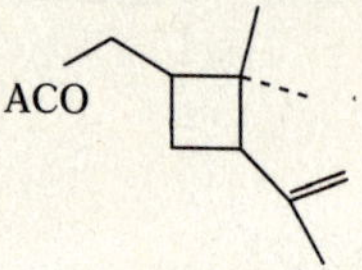

Phéromone
de cochenille

Sesquiterpènes (C₁₅)

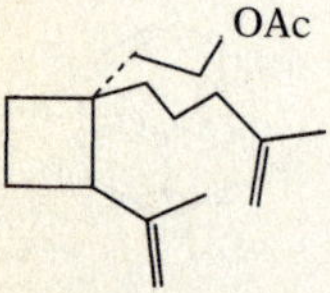

Phéromone
de cochenille

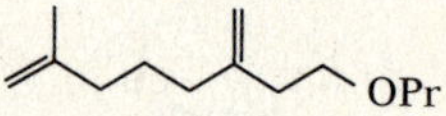

Phéromone
du pou de San José

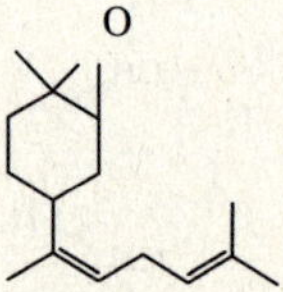

Phéromone
de punaise

Hémiterpènes (C₅)

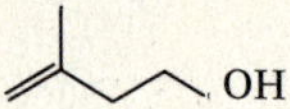

Phéromone
de scolyte

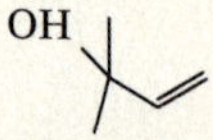

Phéromone
de scolyte

Homoterpènes (C₈)

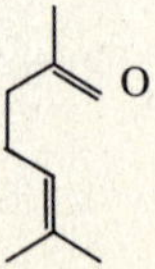

Sulcatone
Phéromone de dendrocotonus

7. Les caroténoïdes

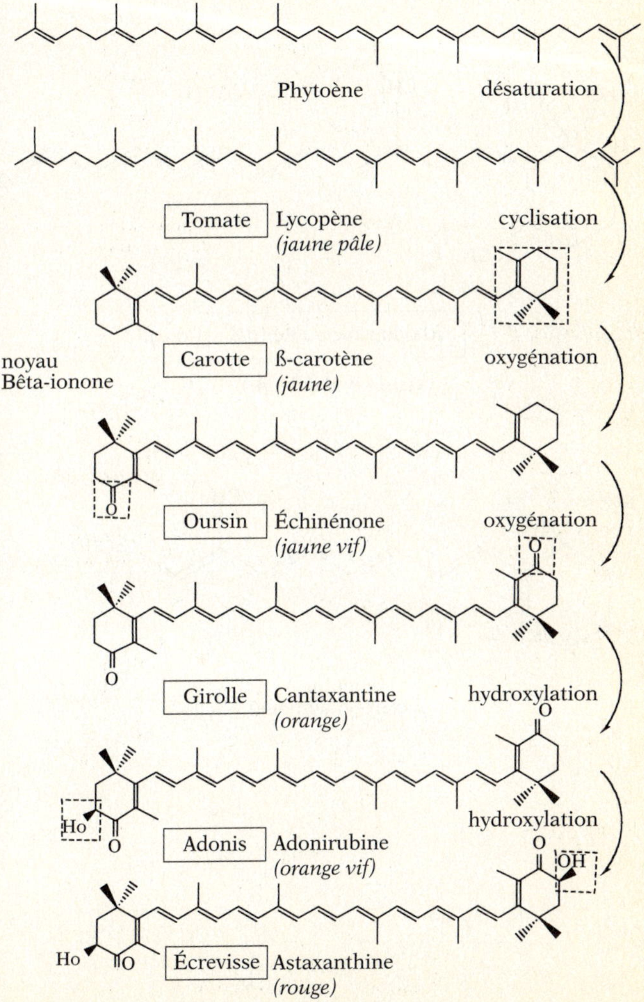

Phytoène — désaturation

Tomate — Lycopène *(jaune pâle)* — cyclisation

noyau Bêta-ionone

Carotte — ß-carotène *(jaune)* — oxygénation

Oursin — Échinénone *(jaune vif)* — oxygénation

Girolle — Cantaxantine *(orange)* — hydroxylation

Adonis — Adonirubine *(orange vif)* — hydroxylation

Écrevisse — Astaxanthine *(rouge)*

8. Les caroténoïdes de la vision

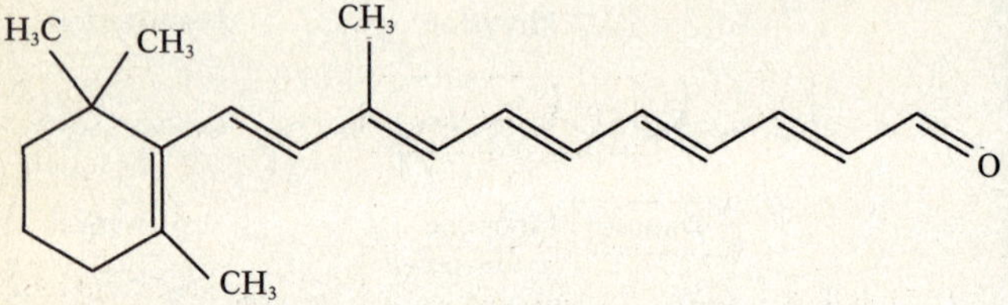

Rhodopsine ou Rétinol *(rouge)*

(Vision et *Halobium*)

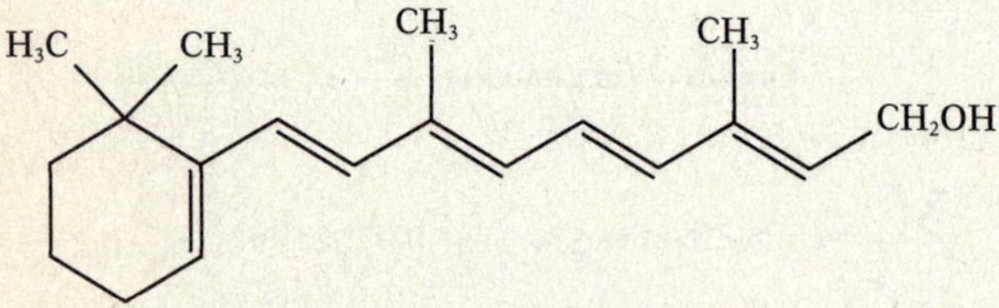

Vitamine A
(axérophtalmique)

9. La voie shikimique

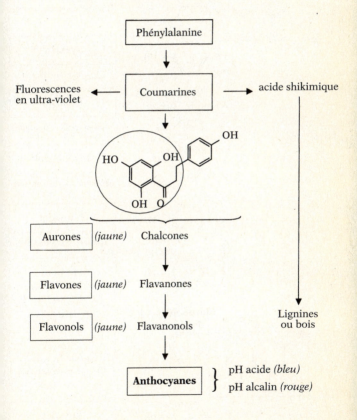

10. Les anthocyanes et les flavonoïdes

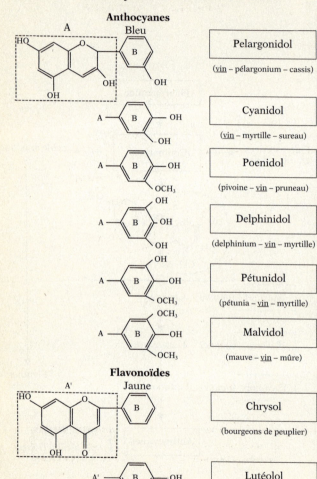

11. La voie des mélanines (végétaux et animaux)

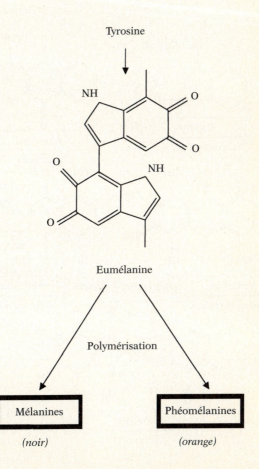

12. Les teintures végétales

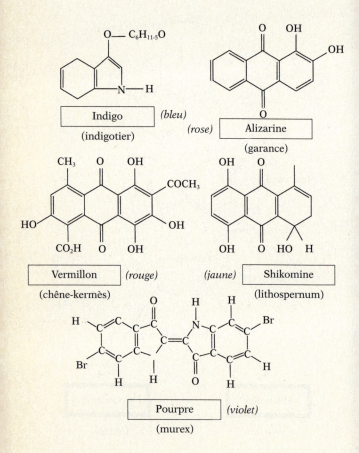

13. Le transfert trophique des caroténoïdes

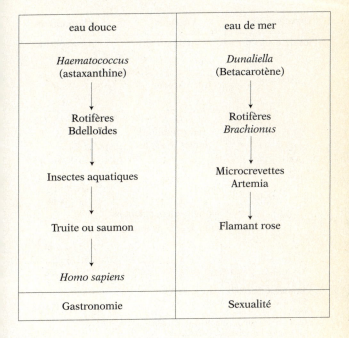

14. Il était une fois le foie de morue

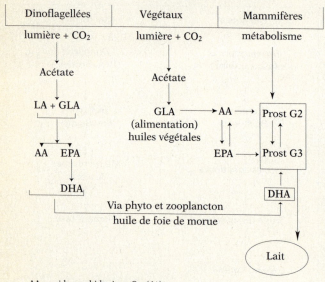

AA = acide arachidonique C_{20} (4Δ)
EPA = acide eicosapentaénoïque C_{20} (3Δ)
DHA = acide docosahexaénoïque C_{22} (6Δ)
GLA = acide gamma-linolénique C_{18} (3Δ)
LA = acide linoléique C_{18} (2Δ)
Prost = prostaglandine

Δ = double liaison insaturée

15. Le fabuleux destin de l'âne et du poulain

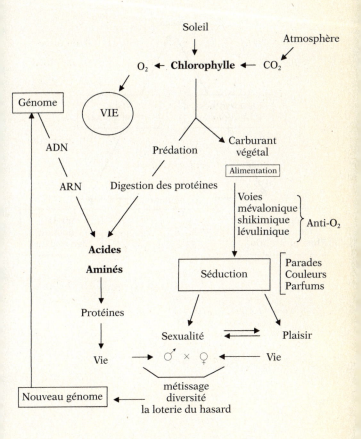

16. La circulation des caroténoïdes

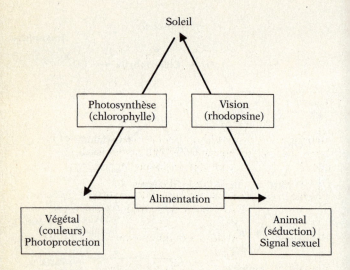

Glossaire

Abiotique	Synthèse chimique en absence de vie.
Acide abscissique	Hormone de la chute des feuilles.
ADN	Acide désoxyribonucléique.
Aérobiose	Vie en présence d'oxygène.
Alcaloïde	Substance végétale contenant de l'azote, avec une action physiologique (ex. la morphine).
Aldéhyde	Molécule organique avec un groupement -CHO.
Anaréobiose	Vie en absence d'oxygène.
Angiospermes	Embranchement des plantes à graines dont les ovules sont enclos et les graines enfermées dans des fruits. Et non pas le sperme des anges.
Anthères	Organes mâles des végétaux contenant le pollen. Anthéros est l'anti-héros grec.
Anthocyanes	Petites molécules hydrosolubles, colorées (souvent bleues) des fleurs et des fruits.
Archéen	Période géologique entre -3,5 et -2,5 milliards d'années pendant laquelle est apparue la vie.
Archéobactéries	Premières formes de vie archaïque et unicellulaire du début de l'Archéen.

ARN	Acide ribonucléique.
Arribadas	Migration collective des tortues exotiques de la mer vers la terre.
Arthropodes	Invertébrés constitués de pièces articulées recouvertes de chitine comme les crustacés, les insectes, les myriapodes et les arachnidés.
Atropine	Alcaloïde contenu dans certaines solanacées provoquant la dilatation de la pupille de l'œil.
Autogamie	Autofécondation. Union des parties mâles et femelles d'un même individu.
Bdelloïde	Sorte de rotifères.
Benzothiazole	Molécule aromatique contenant du soufre et de l'azote.
Bêta-ionone	Noyau aromatique à odeur de violette qu'on trouve souvent aux deux extrémités d'un caroténoïde.
Biliprotéine	Protéine de la bile colorée par des produits de dégradation du sang.
Borraginacées	Famille botanique de la bourrache.
Brachiopodes	Invertébrés enfermés dans une coquille à deux valves, fixés par un pédoncule.
Broméliacées	Famille botanique de l'ananas.
Bryophytes	Les mousses.
Cæcum	Cul-de-sac du gros intestin. L'appendice.
Cantharidine	Alcaloïde aphrodisiaque de la cantharide (insecte).
Caroténoïdes	Molécules végétales constituées de quatre unités terpènes (40 carbones), linéaires, avec pour les oxycaroténoïdes, des noyaux bêta-ionones à chaque extrémité, provenant de la voie mévalonique. *Adonirubine* : le rouge de la fleur d'Adonis-goutte de sang des jardins.

GLOSSAIRE

Astaxanthine : le rouge de l'écrevisse et des crustacés.
Bêtacarotène : l'orange de l'orange.
Cantaxanthine : l'orange de la girolle.
Capsaxanthine : le rouge du piment.
Crocétine : le jaune du safran (crocus).
Echinénone : l'orange de l'oursin.
Lutéine : le jaune de l'œuf.
Lycopène : le jaune de la tomate.
Phœnicoptérine : le rose du flamant.
Rétinoïdes : pigments de la rétine.
Rhodopsine : pigment de la rétine et de l'*Halobacterium*.
Zéaxanthine : le jaune des grains de maïs.

Céphalopodes	Mollusques à la tête entourée de huit ou dix bras (ou pieds), comme les pieuvres et les calmars.
Chiroptères	Mammifères volants, comme les vampires.
Chitinases	Enzymes qui dégradent la chitine des insectes. Les plantes carnivores en contiennent.
Chloroplaste	Organelle de la cellule, petit grain vert qui contient la chlorophylle.
Chromophore	Support microscopique de la couleur dans une cellule.
Cichlidés	Famille de poissons vivant en couples dans laquelle le mâle construit des nids à bulles et s'occupe des petits.
Cirripèdes	Crustacés recouverts de plaques calcaires avec six longues pattes bordées de cirres.
Coccolithes	Famille de microalgues unicellulaires s'enrobant de calcaire.
Cocofesse	Noix en forme de fesses d'un palmier des Seychelles (*Lloydia seychellensis*).
Clitoria	Petite légumineuse ou papilionacée dont un pétale prend la forme d'un clitoris.

Crétacé	Période géologique de l'ère secondaire qui s'étend de -140 à -65 millions d'années.
Crustacéine	Protéine gris-bleu des crustacés qui contient l'astaxanthine rouge du homard ébouillanté.
Cryptogames	Végétaux dont les organes sexuels sont cachés.
Cypripedium	Orchidée. Le sabot de Vénus. Cypris est l'un des nombreux noms de Vénus, Aphrodite, avec Paphia, Cythérée, et Dioné (retrouvé dans dionée, petite plante carnivore).
Dinoflagellés	Microalgues unicellulaires à deux flagelles destinées à la natation et aux papouilles.
Dormance	Phénomène végétal lié à l'horloge biologique. Certaines graines peuvent rester en dormance (attente de germination) pendant des mois, voire des années. La dormance peut être levée par le froid, des hormones végétales, la lumière, etc.
DHA	Acide docosahexaénoïque. Acide gras essentiel à l'homme, pour un développement normal du cerveau du nourrisson, apporté par les huiles de poisson.
Enzymes	Protéines actives capables d'opérer des réactions chimiques, anciennement appelées diastases.
EPA	Acide eicosapentaénoïque. Acide gras essentiel à l'homme pour la synthèse des prostaglandines (hormones sexuelles). On le trouve avec l'acide arachidonique dans les huiles de poisson.
Eucaryotes	Cellules contenant un noyau constitué des chromosomes qui portent les gènes.
Ester	Composé organique formé par la réaction d'un acide avec un alcool ou un phénol.

GLOSSAIRE

Flagelles	Filaments mobiles des bactéries, des protozoaires et des spermatozoïdes servant à la natation.
Flavine	Élément de la vitamine B2, ou riboflavine, de couleur jaune intense. La riboflavine est un constituant de plusieurs enzymes de déshydrogénation (composé contenant de l'azote).
Flavonoïdes	Petites molécules jaunes hydrosolubles des fleurs et des fruits proches des anthocyanes.
Gastéropodes	Mollusques enfermés dans une coquille univalve (escargot, patelle).
Gène	Fragment de chromosome porteur d'informations pour la synthèse d'une protéine. Il est constitué d'ADN.
Géraniol	Essence volatile du géranium. C'est une molécule terpénique.
GLA	Acide gamma-linolénique. Acide gras provenant des huiles végétales qui permet à l'homme la synthèse d'EPA, indispensable aux prostaglandines.
Glycérol	Trialcool sirupeux de saveur sucrée jouant un rôle dans la régulation osmotique cellulaire et entrant sous forme d'esters dans les lipides.
Gymnospermes	Rien à voir avec l'éjaculation des gymnastes. C'est un groupe de végétaux dont la graine est nue, comme chez les conifères.
Hectocotyle	Bras d'un céphalopode transformé en organe sexuel.
Hème	Structure chimique constituée par quatre noyaux pyrroles réunis en porphyrine capable d'emprisonner un métal. Hémoglobine du fer. Hémocyanine du cuivre.

Hémoglobine	Molécule rouge du sang des mammifères.
Hémocyanine	Molécule bleue du sang des gastéropodes.
Hétérotrophe	Qui vit aux dépens de la matière organique (surtout les sucres), au contraire des autotrophes qui fabriquent la matière vivante à partir d'éléments simples comme le CO_2 dans le cas des organismes photosynthétiques.
Herpétologue	Scientifique étudiant les serpents. Lacépède en était un.
Hydrocarbures	Molécule organique contenant de l'hydrogène et du carbone. Ce sont les principaux constituants du pétrole.
Hydrogène sulfuré	Gaz à odeur d'œuf pourri. SH_2.
Hydroxylation	Ajout d'un groupement hydroxyl (OH).
Hydrure d'oxygène	H_2O, l'eau.
Hyménoptères	Ce n'est pas la perte de l'hymen dans un avion, mais une famille d'insectes aux ailes membraneuses (abeilles, fourmis).
Imidazolopyrazine	Comme son nom l'indique aux chimistes.
Immunologique	Substance qui intervient dans les défenses d'un organisme contre les agressions microbiennes ou virales.
Isoprène	Hydrocarbure insaturé à cinq carbones.
Isoptères	Groupe d'insectes à ailes égales. Chez les termites les ailes disparaissent après le vol nuptial, pour ne plus s'envoyer en l'air.
Labia	Pétale en forme de lèvre des labiacées. Famille de nombreuses plantes mellifères, thym, romarin, serpolet, etc.
Labelle	Pétale des orchidées qui est souvent sculpté pour imiter un insecte : abeille, guêpe,

GLOSSAIRE

	papillon, ou autre chose : sabot, homme pendu, etc.
Lamellibranches	Mollusques aquatiques, acéphales, bivalves, aux branchies en forme de lamelles. Coquilles Saint-Jacques, huîtres, palourdes, moules.
Lampyre	Coléoptère dont la femelle aptère est appelée « ver luisant ». Un peu faible comme lampe de chevet.
Lignine	Molécule du bois ou xylème.
Lipides	De *lipos*, « graisse ». Matières grasses et huiles composées d'acides gras.
Lipides membranaires	Ce sont des phospholipides et des glycolipides qui constituent les surfaces d'échanges de la cellule.
Lipoxygénase	Enzyme qui dégrade les lipides en les oxydant et qui, dans certaines conditions, détache les noyaux bêta-ionone des caroténoïdes.
Lithops	Plantes adaptées au désert qui prennent la forme et la couleur des pierres pour échapper aux herbivores.
Luciférase	Enzyme qui, associée aux luciférines, donne la réaction de luminescence.
Lucioles	Coléoptère émettant de la luminescence.
Lyse	Destruction d'éléments organiques, souvent sous l'action d'enzymes. *Autolyse* : autodestruction cellulaire. *Cellulolyse* : dissolution de la cellulose.
Meloidæ	Du grec *melos*, « noir ». Coléoptères vésicants, noirs ou bleus, à élytres courts.
Mélanines	Pigments de la peau des animaux fabriqués à partir de la tyrosine donnant la couleur noire, contrairement aux phéomélanines qui donnent la couleur rousse.

Métazoaires	Animaux à nombreuses cellules différenciées, contrairement aux protozoaires. Ils apparaissent il y a un milliard d'années.
Mévalonique	C'est la voie de synthèse des végétaux qui conduit aux parfums et phéromones, aux hormones animales et végétales, et aux caroténoïdes. C'est la voie de la séduction.
Micron	Ou micromètre. Un millionième de mètre.
Mitochondries	Organelles de la cellule où a lieu la respiration.
OGM	Organisme génétiquement modifié.
Ophtalmophora	Papillon porteur d'yeux sur ses ailes.
Osmotique	Pression exercée par les sels en solution sur les membranes cellulaires, de l'intérieur et de l'extérieur, d'où l'intérêt d'une régulation osmotique pour que la cellule n'explose pas.
Oxygène singulet	Une des formes instables de l'oxygène à courte durée de vie, dangereuse pour les lipides membranaires. C'est l'un des trois radicaux libres.
Papaïne	Enzyme qui dégrade les protéines. On la trouve dans le fruit de la papaye, dans le latex du papayer et dans l'ananas. Le pape suit un traitement à la papaïne qui va devenir l'enzyme papale.
Papilionacées	Famille des légumineuses dont les fleurs sont en forme de papillon.
Phallacées	Famille de champignons en forme de phallus, comme le *Phallus impudicus*, également appelé « satyre puant ».
Phanérogames	Groupe de plantes dont les organes sexuels sont apparents dans la fleur. Plantes exhibitionnistes.
Phasmes	Insectes au corps allongé et frêle imitant

	des tiges, des feuilles, etc. Les as du mimétisme.
Phénylpropane	Petites unités moléculaires de la lignine dérivées des polyphénols.
Phéromones	Signaux chimiques de communication des êtres vivants induisant une modification immédiate du comportement (phéromones d'alarme, de piste, sexuelles, sociales, d'agrégation) ou modifiant la physiologie de l'individu receveur (phéromones de grégarisation, substance royale de la reine des abeilles). Par extension, composés allélochimiques ayant une action bénéfique pour l'émetteur (substances répulsives, défensives, odeurs des fleurs) ou pour le receveur (localisation de l'hôte par des prédateurs et autres messages). La plupart des phéromones sont volatiles et de nature terpénique.
Photon	Particule élémentaire. Quantum du champ électromagnétique caractérisé par son énergie et sa longueur d'onde.
Photosynthèse	Production de glucides par les végétaux à partir de l'eau, du gaz carbonique et de la lumière grâce à la chlorophylle.
Phloème	Tubulure des plantes aussi appelée *liber* qui distribue les éléments nutritifs.
Phycobiliprotéines	Protéines colorées en bleu ou en rouge des algues contenant un tétrapyrrole en chaîne.
Phycobilisome	Petite organelle soudée au chloroplaste constituée de phycobiliprotéines.
Phycocyanine	Phycobiliprotéine bleue.
Phycoérythrine	Phycobiliprotéine rouge.
Phytochrome	Molécule proche des phycobiliprotéines également nommée horloge biologique

	des plantes. Elle intervient sur la floraison, la germination, la dormance des graines, la chute des feuilles, etc.
Pinène	Terpène responsable de l'odeur du pin.
Polypes	Cœlentérés. Animaux caractérisés par un corps allongé et creux et par une bouche entourée de tentacules, vivant souvent en colonies : polypiers.
Porphyrine	Unité moléculaire de quatre pyrroles refermée sur un métal.
Porphyrase	Enzyme oxydant une porphyrine et ouvrant le cycle.
Porphyriase	Maladie où l'hémoglobine est dégradée par des porphyrases qui libèrent le fer et s'élimine par l'urine (urine rouge).
Précambrien	Période géologique qui s'étend de -3,5 milliards à -570 millions d'années.
Procaryotes	Cellules primitives contenant de l'ADN sans avoir un noyau constitué.
Protéase	Enzyme qui dégrade les protéines.
Protozoaires	Embranchement d'animaux primitifs comme les amibes, les forammifères, les radiolaires, infusoires, cilliés, etc.
Protérozoïque	Période géologique de -2,5 milliards à -570 millions d'années où apparaissent les premiers animaux protozoaires et métazoaires.
Pulvinule	Mini-organe à la base des folioles et des feuilles du *Mimosa pudica*, la sensitive, capable d'un changement de turgescence rapide qui entraîne le mouvement des feuilles. Le toucher direct ou indirect permet ce mouvement.
Pyrrole	Cycle moléculaire constitué de quatre carbones et un azote.

GLOSSAIRE

Radicaux libres	Formes instables à courte durée de vie de l'oxygène, détruisant les lipides membranaires de la cellule et accélérant le vieillissement. L'oxygène singulet est détruit par les caroténoïdes. Le superoxyde est détruit par la superoxyde-dismutase. S'ajoutent à cela le radical hydroxyle, le péroxyde d'hydrogène ou eau oxygénée, détruit par les péroxydases et les catalases. Les radicaux libres facilitent les cancers, l'asthme et les maladies pulmonaires. L'antidote est constitué par les antioxydants dont font partie les couleurs végétales des fleurs et des fruits : caroténoïdes, anthocyanes et flavonoïdes. D'où l'intérêt de manger beaucoup de fruits et de légumes colorés pour rester en bonne santé.
Rétine	Partie nerveuse de l'œil qui reçoit les impressions lumineuses par les cellules visuelles et les transmet au nerf optique. C'est la plaque photosensible de l'œil qui est un périphérique du cerveau. Le pigment important en est la rhodopsine, un caroténoïde.
Rotifère	Non, ce n'est pas le porteur de rôtis dans un restaurant. C'est une famille d'invertébrés aquatiques, microscopiques dont la bouche est entourée d'une couronne de cils.
Sémiochimiques	Signes de reconnaissance et de communication constitués de petites molécules organiques chez les êtres vivants.
Shikimique	L'acide shikimique à six atomes de carbone est le point de départ de la voie de synthèse des anthocyanes, des flavonoïdes et des lignines.

Spermatophytes	Embranchement végétal des plantes à graines nues (gymnospermes) et à graines contenues dans un fruit (angiospermes).
Sporopollénine	Enveloppe externe des grains de pollen constituée de polymères extrêmement résistants qu'on retrouve intacts dans les sédiments après plusieurs millions d'années. Ils constituent les traces fossiles du pollen, reflet de la végétation des temps géologiques.
Staphylocoque	Bactérie responsable des furoncles.
Stérols	Molécules apparentées aux triterpènes de la voie mévalonique qui sont des alcools polycycliques. C'est la structure de base des stéroïdes qui sont les hormones animales.
Stigma	Photorécepteur rouge des microalgues dinoflagellées. *Eye-spot* pour les Anglo-Saxons.
Stromatolithes	Traces fossiles en réseaux, véritables empreintes des algues bleues primitives trouvées sur des roches. Les plus anciens fossiles.
Symbiotique	Une association entre deux êtres vivants durable et profitable aux deux partenaires, exemple : un lichen.
Tétrapyrrole	Association de quatre pyrroles en un cycle (porphyrine) ou en une chaîne droite (phytochrome).
Terpènes	Hydrocarbures insaturés constitués d'unités isoprènes à cinq carbones. *Monoterpènes* : terpènes volatils à dix carbones. *Sesquiterpènes* : terpènes à quinze carbones, par exemple l'acide abscissique.

GLOSSAIRE

	Diterpènes : à vingt carbones, par exemple la gibérelline.
	Triterpènes : à trente carbones, par exemple les stérols.
	Tétraterpènes : à quarante carbones, par exemple les caroténoïdes.
	Polyterpènes : à plus de cent carbones, par exemple le caoutchouc.
Thallophytes	Végétaux primitifs non vascularisés, sans feuilles, sans tiges, sans racines, englobant les algues, les bactéries et les champignons. Il en existe des unicellulaires et des pluricellulaires. L'unité végétative se nomme un thalle.
Thymol	Terpène à odeur de thym.
Trias	Période géologique qui s'étend de - 245 à - 210 millions d'années dans l'ère secondaire.
Trilobites	Arthropodes marins fossiles de l'ère primaire dont le tégument dorsal est divisé en trois lobes.
Trophique	Du grec *trophé*, « nourriture ». Qui concerne la nutrition, chaîne trophique = chaîne alimentaire.
Vacuole	De *vacuum*, « vide ». Cavité cellulaire contenant de petites molécules solubles souvent colorées.
Vitamine B12	Ou cyanocobalamine, de couleur bleue. Provient de la voie de synthèse des pyrroles à partir de l'acide lévulinique.
Vitamine A	Vitamine axérophtalmique (indispensable à la vision) constituée d'une demi-molécule de bêtacarotène qui est une provitamine. Les myrtilles sont les fruits les plus riches en caroténoïdes nécessaires à la vision.

Voméronasal	L'organe ou la glande voméronasale est spécialisé dans la perception consciente ou inconsciente des phéromones. Sa présence est liée à la vie terrestre. Absent chez les mammifères marins, les oiseaux et les poissons, il apparaît chez les amphibiens. Chez les reptiles, l'organe voméronasal ouvre dans la bouche, chez les autres vertébrés, il débouche sur les fosses nasales. Chez l'homme, il est restreint et peut-être non fonctionnel.
Xylème	Tubulures en bois des végétaux qui apportent l'eau chargée de sels minéraux du sol vers les feuilles (sève brute), au contraire du liber qui véhicule en sens inverse la sève élaborée.
Zizanie	Graminée proche du riz qui pousse au Québec. Dans la Bible, le mot « zizanie » recouvre une autre graminée du genre *Lolium*, l'ivraie.
Zooxanthelles	Microalgues à flagelles, colorées en jaune, orange ou rouge, vivant en symbiose dans les coraux.

Sources

Ouvrages

ACKERMAN D., *Le Livre des sens*, Grasset, 1990.
AMEISEN J., *La Sculpture du vivant*, Seuil, 1999.
BALOUET J., *Histoires insolites de la reproduction*, Jacques Legrand, 1991.
BARTHES R., *Fragments d'un discours amoureux*, Seuil, 1977.
BATAILLE G., *Le Langage des fleurs, Métamorphose, Le Sacré*, in *Œuvres complètes*, t. I, Gallimard.
—, *Dans l'histoire comme dans la nature, La Nécessité d'éblouir*, in *Œuvres complètes*, t. II, Gallimard.
—, *L'Animalité*, in *Œuvres complètes*, t. VII, Gallimard.
—, *Du sacrifice religieux à l'érotisme*, in *Œuvres complètes*, t. X, Gallimard.
—, *Les Larmes d'Éros*, J.-J. Pauvert, 1981.
BAUDRILLARD J., *De la séduction*, Denoël, 1990.
—, *La Pensée radicale*, Sens et Tonka, 2001.
BERNAL J.D., *L'Origine de la vie*, Bordas, 1972.
BOURRE J.-M., *La Diététique du cerveau*, O. Jacob, 1987.
BRANTÔME, *Les Dames galantes* (1614), M. Rat, 1990.
BRETON A., *Anthologie de l'humour noir*, J.J. Pauvert, 1966.
BRILLAT-SAVARIN, *Physiologie du goût*, Lemerre, 1826.
CHANGEUX J.-P., *L'Homme neuronal*, Fayard, 1983.

CHAVAL, *Les oiseaux sont des cons*, J.-J. Pauvert, 1981.
CASSIER P., BOHATIER J., DESCOINS C. et NAGNAN LE MEILLOUR P., *Communication chimique et environnement*, Belin, 2000.
COLONNA F., *Le Songe de Poliphile* (1499), Imprimerie Nationale, 1994.
COPPENS Y., *Le Singe, l'Afrique et l'Homme*, Fayard, 1983.
CROS C., *Œuvres complètes*, Club français du livre, 1954.
DAGOGNET F., *La Maîtrise du vivant*, Hachette, 1988.
DARWIN C., *La Descendance de l'homme*, C. Reinwald, 1873.
DÉCIMO M., *J.-P. Brisset, prince des penseurs*, Ramsay, 1986.
DUBOUT, *La Mythologie*, Trinckvel, 1980.
FISCHLER C., *L'Homnivore*, O. Jacob, 1990.
GODELIER M., *Inceste, Parenté, Pouvoir*, Fayard, 1990.
GOETHE J. W., *Traité des couleurs*, Triades, 1986.
GOULD S. J., *Le Sourire du flamant rose*, Le Seuil, 1983.
—, *La Foire aux dinosaures*, Le Seuil, 1993.
—, *Les Pierres truquées de Marrakech*, Le Seuil, 2001.
GUBERNATIS A. de, *La Mythologie des plantes*, C. Reinwald, 1882.
HALDANE J. B. S., « Origine de la vie », in *Rationalist Anal.*, 1929, Royaume-Uni.
HALLÉ F., *Éloge de la plante*, Le Seuil, 2002.
HAUDRICOURT A. G., Hédin L., *L'Homme et les plantes cultivées*, A.-M. Métailié, 1987.
HAUTECOEUR L., *Les Jardins des dieux et des hommes*, Hachette, 1959.
JACOB F., *Le Jeu des possibles*, Fayard, 1981.
JACQUARD A., *Inventer l'homme*, Complexe, 1984.
JADOT G., *Antioxydants et Vieillissement*, J. Libbey, 1994.
JARRY A., *Gestes et opinions du Docteur Faustroll, Pataphysicien*, in *Œuvres complètes*, t. I, NRF, 1988.
JOUVENTIN P., *Le Comportement des animaux*, Belin, 1994.
KLOSSOWSKI P., « La création du monde », *Acéphale*, juin 1939.

SOURCES

Kreutzer M., « Les chants préférés des femelles oiseaux », in *La Communication animale*, dossier *Pour la science*, 2002.

Laborit H., *Éloge de la fuite*, Denoël, 1976.

Langaney A., *Le Sexe et l'Innovation*, Le Seuil, 1979.

Leiris M., *Ce que les mots me disent*, Fata Morgana, 1998.

Lestel D., *Les Origines animales de la culture*, Flammarion, 2001.

Lewin L., *Phantastica*, Payot, 1970.

Linné C. von, *Systema Naturæ* (1758), *Species Plantarum* (1753).

Lorenz K., *L'Agression*, Flammarion, 1969.

—, *Il parlait avec les mammifères, les oiseaux et les poissons*, Flammarion, 1968.

Mâche F. B., *La Musique au singulier*, O. Jacob, 2001.

Malevitch K., *La Lumière et la Couleur*, L'Âge d'homme, 1993.

Mann T., *Dr Faustus*, Albin Michel 1996.

Masson A., *Massacres et autres dessins*, Hermann, 1971.

Mignault C., « Les initiatives sexuelles des femelles singes », *La Recherche*, n° 293, déc. 1996.

Milgrom R., *The Colours of Life*, Oxford Press, 1997.

Monod J., *Le Hasard et la Nécessité*, Le Seuil, 1970.

Morris D., *Le Singe nu*, Grasset, 1967.

Nencki L., *La Science des teintures*, Dessain et Tolra, 1981.

Neyton A., *L'Âge d'or et l'Âge de fer*, Les Belles Lettres, 1984.

Ninio J., *L'Empreinte des sens*, O. Jacob, 1996.

Nostradamus, *Les Recettes de Nostradamus*, J. Losfeld, 1999.

Nuridsany C. et Perennou M., *Masques et Simulacres*, Du Mayn, 1990.

Oparin A. I., *L'Origine de la vie sur la terre*, Masson, 1965.

Ovide, *Les Métamorphoses*, Gallimard, 1992.

—, *Les Produits de beauté pour le visage de la femme*, in *L'Art d'aimer*, Les Belles Lettres, 1960.

Pelt J.-M., *La Vie sociale des plantes*, Fayard, 1984.

Perec G., *Cantatrix sopranica L. et autres écrits scientifiques*, Le Seuil, 1991.

Perrin M., *Le Chamanisme*, PUF, 1995.
Pignon-Ernest E., *Ernest Pignon-Ernest*, Herscher, 1990.
Pomarède M., *La Couleur des oiseaux et ses mystères*, Armand Colin, 1990.
Rachewiltz B. de, *Éros noir*, La Jeune Parque, 1963.
Rosnay J. de, *L'Aventure du vivant*, Le Seuil, 1988.
Rostand E., *Chantecler*, L'Harmattan, 1994.
Rostand J., *De la mouche à l'homme*, La Boétie, 1945.
—, *Ce que je crois*, Grasset, 1953.
Ruffié J., *Traité du vivant*, Flammarion, 1982.
Saint-Laurent C., *Histoire imprévue des dessous féminins*, Solar, 1966.
Schultes R. E. et Hofmann A., *Les Plantes des dieux*, Berger-Levrault, 1981.
This H., *Les Secrets de la casserole*, Belin, 1993.
Tournefort J. P. de, *Voyage d'un botaniste*, Maspero, 1982.
Trémolières A., *La Vie plus têtue que les étoiles*, Nathan, 1994.
Vian B., *Le Dernier des métiers*, J.-J. Pauvert, 1965.
Vincent J.-D., *Biologie des passions*, O. Jacob, 1986.
Weiner J. S., *La Genèse de l'homme*, Bordas, 1972.
Werber B., *Les Fourmis*, Albin Michel, 1991.
Wittgenstein L., *Remarques sur les couleurs*, Trans Europ Repress, 1983.
Zuppiroli L., Bussac M. N. et Grimm C., *Traité des couleurs*, Presses polytechniques et universitaires romandes, 2001.

Revues scientifiques

« La communication animale », *Pour la science*, dossier, n° 34, 2002.
« Paroles animales », *Sciences et Avenir*, hors-série, n° 131, 2002.

SOURCES

« Le Sexe », *Sciences et Avenir*, hors-série, n° 110, 1997.
« La Sexualité », *La Recherche*, numéro spécial, n° 213, 1989.
« Le rire », *Sciences et Avenir*, hors série, n° 115, 1998.
« Nos origines », *Science et Vie*, « Les cahiers », 1996.
« La vie dans l'univers », *Pour la science*, numéro spécial, décembre 1994.
« La couleur », *Pour la science*, dossier, avril 2000.
« La mer », *La Recherche*, numéro spécial, n° 355, juillet 2002.
« De la graine à la plante », *Pour la science*, dossier, janvier 2000.
« Les technologies du plaisir », *Science et Technologie*, n° 27, août 1990.
« Les cosmétiques », *Science et Technologie*, n° 7, août 1988.
« Les rites amoureux », *Géo*, n° 234, août 1998.
« Les sociétés cellulaires », *Pour la science*, dossier, avril 1998.
« Le sang », *La Recherche*, numéro spécial, n° 254, mai 1993.
« Néolithique », *Science et Vie*, hors série, n° 178, mars 1992.
« Le Moyen Âge », *Science et Vie*, « Les cahiers », n° 43, février 1998.

Articles de Claude Gudin

« Les couleurs de la mer », *Biofutur*, numéro spécial « La mer », n° 106, nov. 1991.
« Les microalgues nous en font voir de toutes les couleurs », *Océanis*, vol. 23, n° 1, 1997.
« Bioconversion of solar energy into organic chemicals by microalgae », *Advances in Biotechnological Processes*, n° 6, Alan R. Liss Inc. 1986.
« Culture continue d'organismes cellulaires chlorophylliens pour des productions spécifiques », *Revue du Palais de la Découverte*, n° 21, numéro spécial, 1981.
« La langue de bois », *Alliage*, n° 6, 1990.
« Rose Méditerranée », *Alliage*, n° 24, 1995.

« Dix ans après, les Arborigènes », *Autrement*, « Chercheurs ou artistes ? », n° 158, oct. 1995.

« Les biologistes ont la langue chargée », dossier du *Figaro Magazine* « La leçon de français », mai 1997.

« Une microalgue vedette de cinéma », *Cinergon*, n° 11, 2001.

« Chimie de la séduction végétale », *La Garance voyageuse*, numéro spécial « Sexualité des plantes », automne 2002.

« Des plantes médicinales », *Les Plantes du jardin de santé*, éd. Équinoxe, 1999.

« Le soleil, le soleil n'est pas "une grosse légume", c'est une huile. Le phototropisme des femmes jalouses », *Petite Anthologie du tournesol*, éd. Équinoxe, 1998.

« Les archers sont bouffés aux mythes », *Revue des archers*, n° 1, été 2001, éd. Titanic-Toursky.

REMERCIEMENTS

Parler de séduction dans un monastère est chose rare. C'est pourtant ce qui se produisit en juin 2002 à Saorge, grâce à Jean-Jacques Boin qui m'y invita. Jean-Marc Lévy-Leblond, à la fin de ma présentation, m'incita à écrire ce livre. Proposition que j'écartai, invoquant le manque de temps, et surtout ma paresse. Il en parla à Jacqueline, ma compagne, complice de longue date… et ce fut le début du livre. Merci donc à Jean-Marc et à Jacqueline, sans lesquels ce livre n'existerait pas, et merci à Jean-Jacques Boin qui m'a permis d'écrire les passages les plus torrides au monastère.

Jean-Marc m'a conseillé amicalement tout au long de cette promenade et a effectué une première lecture constructive, me renvoyant pour quelque temps à la table de travail.

Merci aussi à Arnaud Muller-Feuga, mon ex-coreligionnaire en matière de microalgues qui, dans le cadre de l'IFREMER, a revu mes planches de formules chimiques, et merci à Isabelle Richard qui, jonglant avec les logiciels, en a sorti les formules magiques de la séduction.

Merci à tous, j'ai honte d'avoir été tant aidé, au point de laisser la question ouverte : « Mais lui, l'auteur, qu'a-t-il donc fait ? »

Hors-texte photographique. Toutes les photographies © Bios; p. 1, photo Klein/Hubert; p. 2, photo Jean-Philippe Delobelle; p. 3, photo D. Fleetham / OSF; p. 4, photo Jean-Christophe Vincent; p. 5, photo Michel Gunther; p. 6, photo Dave Watts; p. 7, photo Cyril Ruoso; p. 8, photo Michel Gunther.

Table

I. Séduction de la biologie 11

Les chlamydomonas inventent les papouilles ... 13

L'œil était dans la soupe et regardait Caïn 19

La voie mévalonique, voie de la séduction 27

La séduction, ça se mange! 31

Quand Lucifer s'en mêle! 36

Les biologistes ont la langue chargée 39

Un bon tuyau pour quitter la mer 43

Les plantes se mettent à la sculpture 47

Les vampires et les OGM 51

Quand l'amour est aveugle! 54

L'entremetteur et la séductrice 57

Le fruit défendu 62

II. Être au parfum et séduire en couleurs	67
On attrape les mouches avec du vinaigre	69
Les maîtres nageurs nous en font voir de toutes les couleurs	84
Sortie de bain	91
Séduire en rampant	94
Déclarer sa flamme en rose	97
Séduire à quatre pattes	102
III. La prochaine fois je vous le chanterai	107
Musique s'il vous plaît !	109
Eh bien, dansez maintenant !	122
IV. La séduction sur deux pattes	129
L'attente de l'Homo	131
Séduction au féminin	139
À table !	147
Ça, c'est le bouquet !	153
V. L'alchimie de la séduction en 16 tableaux	159
Glossaire	177
Sources	191
Remerciements	197

RÉALISATION : PAO ÉDITIONS DU SEUIL
IMPRESSION : NORMANDIE ROTO IMPRESSION S.A.S. À LONRAI
DÉPOT LÉGAL : OCTOBRE 2008. N° 98554 (083132)
IMPRIMÉ EN FRANCE

Collection Points

SÉRIE SCIENCES

dirigée par Jean-Marc Lévy-Leblond et Nicolas Witkowski

DERNIERS TITRES PARUS

- S59. La Symétrie aujourd'hui, *ouvrage collectif*
- S60. Le Paranormal, *par Henri Broch*
- S61. Petit Guide du ciel, *par A. Jouin et B. Pellequer*
- S62. Une histoire de l'astronomie, *par Jean-Pierre Verdet*
- S63. L'Homme re-naturé, *par Jean-Marie Pelt*
- S64. Science avec conscience, *par Edgar Morin*
- S65. Une histoire de l'informatique, *par Philippe Breton*
- S66. Une histoire de la géologie, *par Gabriel Gohau*
- S67. Une histoire des techniques, *par Bruno Jacomy*
- S68. L'Héritage de la liberté, *par Albert Jacquard*
- S69. Le Hasard aujourd'hui, *ouvrage collectif*
- S70. L'Évolution humaine, *par Roger Lewin*
- S71. Quand les poules auront des dents, *par Stephen Jay Gould*
- S72. La Recherche sur les origines de l'univers *par La Recherche*
- S73. L'Aventure du vivant, *par Joël de Rosnay*
- S74. Invitation à la philosophie des sciences *par Bruno Jarrosson*
- S75. La Mémoire de la Terre, *ouvrage collectif*
- S76. Quoi! C'est ça, le Big-Bang?, *par Sidney Harris*
- S77. Des technologies pour demain, *ouvrage collectif*
- S78. Physique quantique et Représentation du monde *par Erwin Schrödinger*
- S79. La Machine univers, *par Pierre Lévy*
- S80. Chaos et Déterminisme, *textes présentés et réunis par A. Dahan-Dalmedico, J.-L. Chabert et K. Chemla*
- S81. Une histoire de la raison, *par François Châtelet (entretiens avec Émile Noël)*
- S82. Galilée, *par Ludovico Geymonat*
- S83. L'Age du capitaine, *par Stella Baruk*
- S84. L'Heure de s'enivrer, *par Hubert Reeves*
- S85. Les Trous noirs, *par Jean-Pierre Luminet*

S86. Lumière et Matière, *par Richard Feynman*
S87. Le Sourire du flamant rose, *par Stephen Jay Gould*
S88. L'Homme et le Climat, *par Jacques Labeyrie*
S89. Invitation à la science de l'écologie, *par Paul Colinvaux*
S90. Les Technologies de l'intelligence, *par Pierre Lévy*
S91. Le Hasard au quotidien, *par José Rose*
S92. Une histoire de la science grecque, *par Geoffrey E.R. Lloyd*
S93. La Science sauvage, *ouvrage collectif*
S94. Qu'est-ce que la vie ?, *par Erwin Schrödinger*
S95. Les Origines de la physique moderne, *par I. Bernard Cohen*
S96. Une histoire de l'écologie, *par Jean-Paul Deléage*
S97. L'Univers ambidextre, *par Martin Gardner*
S98. La Souris truquée, *par William Broad et Nicholas Wade*
S99. À tort et à raison, *par Henri Atlan*
S100. Poussières d'étoiles, *par Hubert Reeves*
S101. Fabrice ou l'École des mathématiques, *par Stella Baruk*
S102. Les Sciences de la forme aujourd'hui, *ouvrage collectif*
S103. L'Empire des techniques, *ouvrage collectif*
S104. Invitation aux mathématiques, *par Michael Guillen*
S105. Les Sciences de l'imprécis, *par Abraham A. Moles*
S106. Voyage chez les babouins, *par Shirley C. Strum*
S107. Invitation à la physique, *par Yoav Ben-Dov*
S108. Le Nombre d'or, *par Marguerite Neveux*
S109. L'Intelligence de l'animal, *par Jacques Vauclair*
S110. Les Grandes Expériences scientifiques, *par Michel Rival*
S111. Invitation aux sciences cognitives, *par Francisco J. Varela*
S112. Les Planètes, *par Daniel Benest*
S113. Les Étoiles, *par Dominique Proust*
S114. Petites Leçons de sociologie des sciences, *par Bruno Latour*
S115. Adieu la Raison, *par Paul Feyerabend*
S116. Les Sciences de la prévision, *collectif*
S117. Les Comètes et les Astéroïdes
   par A.-Chantal Levasseur-Legourd
S118. Invitation à la théorie de l'information
   par Emmanuel Dion
S119. Les Galaxies, *par Dominique Proust*
S120. Petit Guide de la Préhistoire, *par Jacques Pernaud-Orliac*
S121. La Foire aux dinosaures, *par Stephen Jay Gould*
S122. Le Théorème de Gödel
   par Ernest Nagel / James R. Newman
   Kurt Gödel / Jean-Yves Girard

S123. Le Noir de la nuit, *par Edward Harrison*
S124. Microcosmos, Le Peuple de l'herbe
par Claude Nuridsany et Marie Pérennou
S125. La Baignoire d'Archimède
par Sven Ortoli et Nicolas Witkowski
S126. Longitude, *par Dava Sobel*
S127. Petit Guide de la Terre, *par Nelly Cabanes*
S128. La vie est belle, *par Stephen Jay Gould*
S129. Histoire mondiale des sciences, *par Colin Ronan*
S130. Dernières Nouvelles du cosmos.
Vers la première seconde, *par Hubert Reeves*
S131. La Machine de Turing
par Alan Turing et Jean-Yves Girard
S132. Comment fabriquer un dinosaure
par Rob DeSalle et David Lindley
S133. La Mort des dinosaures, *par Charles Frankel*
S134. L'Univers des particules, *par Michel Crozon*
S135. La Première Seconde, *par Hubert Reeves*
S136. Au hasard, *par Ivar Ekeland*
S137. Comme les huit doigts de la main
par Stephen Jay Gould
S138. Des grenouilles et des hommes, *par Jacques Testart*
S139. Dialogue sur les deux grands systèmes du monde
par Galileo Galilée
S140. L'Œil qui pense, *par Roger N. Shepard*
S141. La Quatrième Dimension, *par Rudy Rucker*
S142. Tout ce que vous devriez savoir sur la science
par Harry Collins et Trevor Pinch
S143. L'Éventail du vivant, *par Stephen Jay Gould*
S144. Une histoire de la science arabe, *par Ahmed Djebbar*
S145. Niels Bohr et la Physique quantique
par François Lurçat
S146. L'Éthologie, *par Jean-Luc Renck et Véronique Servais*
S147. La Biosphère, *par Wladimir Vernadsky*
S148. L'Univers bactériel, *par Lynn Margulis et Dorion Sagan*
S149. Robert Oppenheimer, *par Michel Rival*
S150. Albert Einstein
textes choisis et commentés par Françoise Balibar
S151. La Sculpture du vivant, *par Jean Claude Ameisen*
S152. Impasciences, *par Jean-Marc Lévy-Leblond*
S153. Ni Dieu ni gène, *par Jean-Jacques Kupiec et Pierre Sonigo*

S154. Oiseaux, merveilleux oiseaux, *par Hubert Reeves*
S155. Savants et Ignorants, *par J. Jacques et D. Raichvarg*
S156. Le Destin du mammouth, *par Claudine Cohen*
S157. Des atomes dans mon café crème, *par Pablo Jensen*
S158. L'Invention du Big-Bang, *par Jean-Pierre Luminet*
S159. Aux origines de la science moderne en Europe
   par Paolo Rossi
S160. Mathématiques, plaisir et nécessité, *par André Warusfeld et Albert Ducrocq*
S161. Éloge de la plante, *par Francis Halle*
S162. Une histoire sentimentale des sciences
   par Nicolas Witkowski
S163. L'Avenir climatique, *par Jean-Marc Jancovici*
S164. Mal de Terre, *par Hubert Reeves et Frédéric Lenoir*
S165. L'Imposture scientifique en dix leçons
   par Michel de Pracontal
S166. Les Origines de l'homme, *par Pascal Picq*
S167. Astéroïde, *par Jean-Pierre Luminet*
S168. Ne dites pas à Dieu ce qu'il doit faire
   par François de Closets
S169. Le Chant d'amour des concombres de mer
   par Bertrand Jordan
S170. Au fond du labo à gauche, *par Édouard Launet*
S171. La Vie rêvée des maths, *par David Berlinski*
S172. Manuel universel d'éducation sexuelle, *par Olivia Judson*
S173. L'espace prend la forme de mon regard
   par Hubert Reeves
S174. Le Plein, s'il vous plaît
   par Jean-Marc Jancovici et Alain Grandjean
S175. Trop belles pour le Nobel, *par Nicolas Witkowski*
S176. La Symphonie des nombres premiers
   par Marcus du Sautoy
S177. La Guerre secrète des OGM, *par Hervé Kempf*
S178. Viande froide cornichons, *par Édouard Launet*
S179. Malicorne, *par Hubert Reeves*
S180. Un éléphant dans un jeu de quilles
   par Robert Barbault, Fondation Nicolas Hulot
S181. Le Guide du chasseur de nuages, *par Gavin Pretor-Pinney*
S182. Mais qui mange les guêpes ?, *par New Scientist*
S183. Antilopes, dodos et coquillages, *par Stephen Jay Gould*
S184. Une histoire naturelle de la séduction, *par Claude Gudin*